Holt mich hier raus!

1. Auflage 2016

ISBN 978-3-7641-5081-5

Lektorat: Kathleen Neumann
Umschlag- und Innenillustrationen: Alexander von Knorre
Druck und Bindung: Finidr, s. r. o., Český Těšín
Gedruckt auf Papier aus geprüfter nachhaltiger Forstwirtschaft.

www.ueberreuter.de

Dina El-Nawab

HOLT MICH HIER RAUS!

T. Rolles unzensiertes Pannen-Protokoll

Mit Illustrationen von

Alexander von Knorre

ueberreuter

Ihr wollt wissen, um was es in diesem Buch geht?
Das ist gar nicht so einfach zu beantworten.

Es geht um mich, Tobias Rolle, und meine Geschichte, die so verrückt klingt, dass ihr mich für komplett irre halten werdet.

Noch mehr?

Okay, es geht um:

- eine Wette zwischen Justus, Hugo und mir, die aus dem Ruder läuft
- eine Perücke, die schuld an der größten Katastrophe aller Zeiten ist
- ein chemisches Experiment mit furchtbaren Folgen
- um Frau Lunte und mich und ... nein, das kriege ich nicht über die Lippen. Das müsst ihr selber lesen.

Und wehe, ihr lacht über mich!

Gezeichnet
Tobias Rolle

SOS!

1. Versuch:

Dies ist ein Notruf!!!
Ich brauch eure Hilfe, denn ich steck in der Klemme.
Es ist nicht das erste Mal, aber diesmal ist es wirklich dramatisch. Furchtbar! Existenzvernichtend.
Dummerweise ist es aber mindestens genauso PEINLICH!!
Ich weiß nicht, was schlimmer ist …

SOS!

2. Versuch:

Ist jemand unter euch, der die Zeit zurückdrehen kann oder einen superguten Draht zu Gott hat? Eventuell reicht auch ein Chirurg. Außerdem brauche ich jemanden, der meinen Eltern alles schonend beibringt.
Oh Gott, mir wird ganz schlecht bei dem Gedanken, dass sie alles erfahren …

SOS!

3. Versuch:

Ich tue alles für den, der mich wieder rausholt. Ich wechsele jeden Tag meine Socken, ziehe immer die Spülung und werde niemals mehr lügen. Sorry, ab jetzt aber wirklich …

SOS!

4. Versuch:

Liest denn kein Schwein, was ich hier von mir gebe oder warum hilft mir keiner? Muss ich erst meiner Oma eine Mail schicken? Die kriegt doch einen Schlaganfall, wenn sie liest, was mit mir ist. Das kann doch keiner wollen (außer Opa vielleicht).

????????????????????????????????????

Okay, ihr wollt erst wissen, was überhaupt los ist? Die Geschichte glaubt mir doch sowieso niemand. Nicht mal ich würd sie mir glauben. Aber ich will nicht in die Klapsmühle, dass das mal klar ist! Wer das nicht kapiert und in sein Hirn brennt, kriegt ab hier Leseverbot!

Und noch was: Alles, was ihr hier lest, ist oberpeinlich, also streng geheim. Wer das missachtet, den besuch ich höchstpersönlich, wenn die Sache vorbei ist. Und ich will nichts davon auf Facebook lesen. Wenn ich mal nach Australien reise, sollen die Kängurus nicht auf mich zeigen. Kapiert?! Dann is ja jut.

Eins

Wo fang ich bloß an? Am besten ganz vorne, damit ihr versteht, wie das alles passieren konnte. Ich mach's aber so schnell, wie's geht. Hier ist so was wie meine Kurzbiografie:

Geboren bin ich 65 Millionen Jahre nach dem letzten Dinosaurier, also vor genau 13 ein Viertel Jahren.

Ich heiße Tobias, genannt die Rolle. Nicht wegen meines Nachnamens, sondern weil ich mein bestes Tor gemacht hab, als ich mit dem Ball zusammen ins Tor gerollt bin. Aber das tut jetzt nichts zur Sache.

Ich geh sehr gern in die Schule, weil ich da immer Leute um mich hab, die mir zuhören. (Zu Hause tut das keiner mehr.) Ich quatsch nämlich 'ne ganze Menge zusammen, damit könnte man Container füllen. Die Lehrer stören manchmal ein bisschen mit ihrem Unterricht, die wollen am liebsten die Redezeit für sich allein buchen. Aber ich steh da drüber. Die sollen ja auch ihren Spaß haben.

Obwohl: Manche übertreiben es. Die Frau Lunte zum Beispiel, die gibt Chemie und liebt passenderweise Bunsenbrenner. Also die Lunte wird immer nervös, wenn ich mich

melde und zupft an ihrem Kragen herum, obwohl sie ihre Lehrprobe bei uns längst überstanden hat. Wenn ich mich nicht melde und einfach so loslege, wird sie aber genauso nervös, und wenn sie dann gerade am Bunsenbrenner rumfummelt, holt man lieber gleich die Feuerwehr. Sonst fackelt sie die Schule mit allem Drum und Dran ab, und ich hab keinen mehr zum Zuhören. Aber das versteht die Lunte leider nicht.

Bisher hab ich ihr das nicht übel genommen. Papa sagt, ab einem gewissen Alter kann man sich eben nicht mehr ändern. Mama meint zwar, das bezieht sich vor allem aufs Geschirrabspülen und Müllraustragen, und ob die Lunte da Nachholbedarf hat, weiß ich nun wirklich nicht. Aber Mama ist Psychologin und kennt die Leute auch von innen. Die muss es ja wissen. Jedenfalls seh ich die Lunte jetzt mit anderen Augen (im wahrsten Sinne des Wortes!). Sie ist mein fleischgewordenes Problem. Damit ihr das versteht, muss ich der Reihe nach erzählen. Also weiter im Text:

Meine besten Freunde sind Justus, Hugo und Olli, schon allein wegen der tollen Namen. Mein Bruder Till gehört

nicht dazu. Der hängt den halben Tag vorm Spiegel und gelt sich die Haare. Und wenn er das nicht tut, dann hängt er überm Handy, oder er chillt und will nicht gestört werden. Jedenfalls nicht von mir. Keine Ahnung warum. Dabei könnte ich ihn echt mal auf andere Gedanken bringen. Aber man soll niemanden zu seinem Glück zwingen, sagt auch schon Opa. Und der kann ja nicht immer unrecht haben.

Mit Justus und Hugo ist es so: Wir kennen uns schon ewig, mindestens seit der Grundschule. Früher haben wir uns gegenseitig Kastanien in die Ranzen gesteckt, heute Schnee. Wobei das mit dem Schnee auch schon wieder eine Weile her ist. Nicht nur, weil unsere Mütter gemeckert haben und wir keine kleinen Kinder mehr sind, sondern weil der Schnee ausgegangen ist.

Justus ist superklug, er hat alle Bücher zu Ende gelesen, selbst die Bibel. Seine Augen sind davon leider ganz schlecht geworden, schuld sind die vielen kleinen Buchstaben. Jetzt hat er zwei Lupen auf der Nase, sonst würde er am Kiosk immer Bier statt Cola kaufen.

Hugo ist auch superklug, aber er hat statt Buchstaben ganz viel Zahlen im Kopf, ich weiß nicht, wo er die alle verstaut. Er ist wie ein lebender Taschenrechner. Er rechnet dir auf die Zehntelsekunde aus, wie viel Zeit noch bleibt, bis Olli in den Hundehaufen tritt. Olli ist nämlich mit einem Handy auf die Welt gekommen und kann sich nur unter größten Qualen von ihm trennen. Deswegen läuft er immer mit gebeugtem Kopf herum und sieht nichts von der Welt – ohne seine Navi-App wüsste er nicht, wie er zur Schule kommt. Olli hat aber nicht nur ein Handy, sondern auch Gefühle. Das merkt man am besten, wenn man ihm sein Handy wegnimmt. Tut es lieber nicht!!!

Mit Justus und Hugo kann man jeden Scheiß machen. Mit Olli auch, aber der hat nicht immer Zeit dafür – ihr wisst schon: wegen seines Handys.

Wir haben einen gemeinsamen Feind in der Schule. Oder soll ich sagen eine Feindin? Das Wort hab ich noch nie gelesen, nicht mal in den Büchern, die ich schon durchhab. Und das waren fast so was wie Fachbücher, denn da wurde ziemlich viel gekämpft. Also bleiben wir bei Feind.

Unser Feind heißt Frau Schrulle und ist das Grauen in Person. So wie sie uns immer anguckt, könnte sie als Voldemort durchgehen (ihr wisst schon: der Typ, der Harry Potter an den Kragen will). Deswegen heißt die gute Frau bei uns auch immer: *die, deren Namen wir nicht nennen dürfen.* Und wenn wir es eilig haben: *die alte Schrulle.*

In Rente ist sie leider noch nicht, sonst könnte sie uns nicht mit Geschichte quälen, dabei ist sie mindestens scheintot. Das merkt nur keiner, weil sie immer eine Maske aufhat, keine aus Plastik, sondern aus dicker Schminke. So wie die Toten in den Königsgräbern. Darunter versteckt sie die Spurrillen, die sich in den letzten 500 Jahren auf ihrem Gesicht eingegraben haben. Wahrscheinlich wohnt sie in einer Gruft, und nur wenn Schule ist, lässt man sie für ein paar Stunden raus. Aber so genau will ich das gar nicht wissen.

Man könnte sagen, die alte Schrulle ist schuld an meinem Problem. Sie und ihre Perücke. Wenn sie rumlaufen würde wie ein normaler Mensch, dann säße ich jetzt nicht hier heimlich auf dem Mädchenklo und würde euch meine Geschichte beichten. Alles hat nämlich damit angefangen, dass ich rauskriegen musste, ob sie nun eine Perücke auf dem Kopf hat oder nicht – wegen einer Wette, die ich mit Hugo und Justus laufen hatte.

Ich sag euch, wer eine Frisur auf dem Kopf hat, die aussieht, als könnte man sie abnehmen wie einen Hut, der trägt eine Perücke. Und bei der alten Schrulle glaub ich sogar, sie friert sie nachts ein, damit sie in der Schule nicht ganz so alt aussieht. Aber Hugo und Justus meinen, wer Haare auf den Zähnen hat, hat auch welche auf dem Kopf (von anderen Stellen wollen wir lieber gar nicht erst reden).

Also: Ohne Beweis geht hier gar nichts. Die Schrulle selbst hat mich dann auf den Trichter gebracht, was das für ein Beweis sein könnte. Dafür könnt ich sie jetzt hassen.

Normalerweise nehm ich nämlich Ohrenpröppel, wenn sie redet, weil sie bei jedem S so zischt, dass einem die Ohren wegfliegen. (Eigentlich bräuchte ich auch 'ne Regenjacke, weil ich in der ersten Reihe sitze und die alte Schrulle beim Zischen sehr freigiebig mit der Spucke ist.)

Aber heute Morgen hat der Olli einen der Pröppel verschluckt, weil er dachte, es wär eine Erdnuss, und da musste ich dann gezwungenermaßen mit einem Ohr zuhören, was die Schrulle von sich gab.

Ausnahmsweise war das spannend, denn sie ist mit Formel-1-Tempo durch die Geschichte gezischt, ohne Boxenstopp. Eben war sie noch bei der Französischen Revolution und schwuppdiwupps wieder beim Mittelalter, obwohl das gar nicht unser Thema ist. Klar, dort fühlt sie sich heimischer, allein schon wegen der Folterwerkzeuge. Damals durften die Lehrer den Schülern wenigstens noch die Zehennägel abziehen. Aber heute wollen die Eltern ihre Kinder nach der Schule ja unbedingt heil zurück. Wegen der Versicherungen und so.

Aber zurück zur Schuld der Schrulle: Als sie von den Feuerproben und Hexenverbrennungen erzählte, wurde mir ganz heiß. Nicht, weil ich innerlich gebrannt hab, sondern weil mir wieder die Wette einfiel. Eine Feuerprobe – welch geniale Idee! Man müsste nur ein bisschen am Schrullen-Haar kokeln, und wenn es nicht stinkt wie geröstete Fliegen, haben wir doch den Beweis, dass es künstlich ist. Könnt ihr mir folgen?

In dem Moment kam die Lunte herein und übergab der alten Schrulle einen Schlüssel. Es muss irgendetwas passiert sein, denn die beiden steckten ihre Köpfe so eng zusammen, dass jede Laus sich freut. Und dann tuschelten sie miteinander. Super, hab ich gedacht und die Zeit genutzt, um meine Freunde zu fragen, was sie von einem spontanen Feuer-Experiment halten.

Olli hat nicht verstanden, wovon ich rede, er hat ja auch noch nie zu der alten Schrulle hochgeschaut. Justus kannte kein einziges Buch, in dem etwas darüber stand, ob Perücken beim Abkokeln stinken oder nicht. Und Hugo hat gemeint, dass die Chancen, an die Perücke der alten Schrulle zu kommen, sowieso eins zu einer Million stünden. Freiwillig würde sie die ja wohl nicht hergeben.

Da hat er recht. Trotzdem ist mir die Idee nicht mehr aus dem Sinn gegangen. Leider. Denn sonst würd ich jetzt irgendwo nett sitzen und meinen Bruder ärgern oder so. Echt dumm gelaufen.

Als die Lunte weg war, hab ich mich sofort für den Tafeldienst gemeldet. Die alte Schrulle hat sich gewundert, und das hätte ich mich normalerweise auch, aber ich wusste ja, dass es für einen guten Zweck war. Ich wollte nämlich ungestört die Haarfestung der alten Schrulle begucken. Und wisst ihr was: Kaum war ich vorne, trifft mich der Schlag, denn was ich gesehen hab, ist seltener als eine Supernova: Auf der Schulter der alten Schrulle kringelte sich lang und fett ein Haar! Und ich hab es als Erster entdeckt. Jetzt weiß ich, wie sich Kolumbus fühlte, als er Amerika entdeckte.

Ich hab's wie Kolumbus gemacht und das Haar eingesackt, genau in dem Moment, als es zur Pause klingelte. So schnell, dass es nicht mal die alte Schrulle mitgekriegt hat. Sie hat dann zwar gemeckert, weil ich plötzlich mit meinem Rucksack rausgerannt bin und die Tafel noch genauso aussah wie vorher, aber was soll's.

Ich bin mit meiner Beute zum Chemieraum geflitzt, wo die Lunte mit dem Versuchsaufbau beschäftigt war, und hab sie gefragt, wann die Stunde endlich losgeht und ob sie auch den Bunsenbrenner wieder anschmeißt. Doch statt sich über mein Interesse zu freuen, hat sie dauernd nervös zu mir rübergeschielt, und als ich mit anpacken wollte, damit alles ein bisschen schneller geht, hat sie mir die Glaskolben aus der Hand genommen. Man kann es ihr eben nie recht machen.

Bevor wir mit der Gruppenarbeit anfangen durften, hat die Lunte uns das Experiment vorgemacht; sie hat irgendwelche Stoffe in neue Erregungszustände versetzt oder so ähnlich. Was da genau ablief, weiß ich nicht, weil ich nur noch das fette Haar im Kopf hatte, das sich in meiner Tasche kringelte.

Als ich mit Justus, Hugo, Olli und Basti (den müsst ihr nicht unbedingt kennenlernen) endlich drankam, hat die Lunte uns nicht aus den Augen gelassen. Dauernd hing sie selbst über dem Bunsenbrenner, dabei haben wir sie gar nicht in unsere Gruppe gewählt. Diesmal hab auch ich geschielt, aber nicht auf die Lunte, sondern auf die Uhr an der Wand. Die hat mir gesagt, dass ich keine Zeit mehr zu verlieren hatte. Gewissermaßen ist also auch die Uhr schuld an allem, was daraufhin passiert ist. Aber der kann man keinen Vorwurf machen, weil sie nichts dafür kann, dass sie da hängt.

Ich hab mich also an die Lunte herangeschoben, das Haar aus der Tasche gezogen und ins Feuer geworfen. Alles in einem Atemzug. Dagegen ist Superman eine lahme Kröte. Die Lunte kam damit überhaupt nicht klar – die kann nicht so schnell –, die hat sich so furchtbar darüber erschrocken, dass sie statt nur einer Messerspitze voll das ganze Pulver in die Flamme geworfen hat.

Es hat laut gezischt, wie zwanzig alte Schrullen im Chor, und es gab eine große Rauchwolke; die haben wir beide voll abgekriegt. Gestunken hat es auch, aber ich weiß nicht mehr nach was, denn ich war zu sehr mit meinem Husten beschäftigt, da konnte ich meine Nase nicht feinjustieren. Das Haar war weg, aber ich nahm mir vor, gleich Justus und Hugo zu fragen, nach was es gerochen hat.

Doch dazu bin ich nicht mehr gekommen. Frau Luntes Gesicht ist in dieser Sekunde rotblau angelaufen, weil sie sich so aufgeregt hat. Da hab ich sofort kapiert, was sie mit neuen Erregungszuständen meinte – dafür also das ganze Experiment. Warum die Lunte gerade mich so auf dem Kieker hatte, ist mir dagegen nicht so klar. Hätte sie nicht das ganze Pulver einfach so ins Feuer geworfen, wär doch überhaupt nichts passiert. Typisch Lunte.

Ich hab trotzdem nicht mit ihr darüber diskutiert, ich wollte nicht, dass die gute Frau vor Aufregung noch umkippt und wir dann die ganze Sauerei von dem misslungenen Versuch alleine wegmachen müssen. Denn ich war auf einmal so schrecklich müde, dass ich die Augen kaum aufhalten konnte. Also hab ich den Raum freiwillig verlassen. Und weil ich plötzlich tierischen Durst bekommen hab, bin ich zu den Klos gelaufen, um Wasser zu trinken.

Ich hätt die ganze Leitung leer getrunken, wenn ich nicht so schrecklich müde gewesen wär. Meine Augen sind zugefallen, und ich muss kurz im Stehen eingeratzt sein, denn als ich sie wieder öffnete, hab ich mich wie auf einem anderen Planeten gefühlt. Ihr kennt das bestimmt: dieses Gefühl, wenn man morgens aufwacht und nicht weiß, wo man ist und ob es noch Traum oder schon Wirklichkeit ist. Kein Wunder, bei dem, was mir passiert ist. Ich bin zwar schon mal morgens mit Gummistiefeln im Bett aufgewacht, aber noch nie als anderer Mensch …

Ich stand also am Waschbecken und hab auf meine Uhr geschaut, um zu sehen, wie viel Zeit vergangen war, und da hat mich schon wieder der Schlag getroffen: Da war ein fremder Arm mit 'ner fremden Uhr dran, und beides sah echt komisch aus. Ich hab ganz schnell wieder die Augen zugemacht, um den Horror auszuknipsen. Aber als ich zwischen den Augenlidern hindurchlinste, lief noch die gleiche Gruselnummer. Dagegen ist ein Zombiefilm was für Tierfreunde.

Nach der ersten Schreckstarre hab ich an mir runtergeguckt, und es wurde immer gruseliger. Ich hatte einen Rock an und nackte Beine, die unten rausguckten. Diesmal haben sich meine Augen ganz von allein wieder verrammelt, aber so was von. Mit der Hand hab ich vorsichtig meine Brust berührt.

Aaaaaaaaargh!

Ich weiß nicht, wie ich es besser ausdrücken soll, am Ende kippt ihr alle vor Schreck um und dann ist keiner mehr da, der mir helfen kann.

Ich war ’ne Frau!!

Ja. Kein Scheiß.

Ich bin noch nie im Leben sprachlos gewesen. Nicht mal als ich auf die Welt gekommen bin, sagt Mama, und die muss es ja nun echt wissen. Aber Leute, ich schwör’s, in diesem Moment wusste ich nicht einmal, in welcher Sprache ich um Hilfe schreien soll.

Ich hab’s dann auch gar nicht probiert, da mir rechtzeitig eingefallen ist, dass dann alle angerannt kommen und mich sehen – genau so, wie ich da stand: in hochhackigen Damenschuhen und Blümchenbluse. Und mit dickem – *psst* – Busen! (Die gefährliche Wahrheit versteckt sich immer im Kleingedruckten.)

Nach einer Schweigeminute hab ich dann aber doch meinen letzten Krümel Mumm aus der Schüssel gekratzt und den Kopf millimeterweise gehoben, um in den Spiegel zu schauen. Meine Muskeln waren auf Widerstand gepolt und meine Zähne haben angefangen zu knirschen vor Anspannung. Jetzt weiß ich, welche Torturen Olli mitmacht, wenn er einmal im Jahr beim Sehtest geradeaus an die Wand schauen muss.

Im Spiegel … was soll ich sagen … im Spiegel war nicht ich.

Da war die Lunte!!!

Passenderweise hat im selben Moment der Pausengong geläutet, wie ein Tusch, der das Ende der Vorstellung markiert. Mit dem Unterschied, dass die Tragödie für mich gerade erst begann.

Mir ist die Spucke im Hals stecken geblieben und ich … – *stopp!* – die Lunte hat einen Hustenanfall bekommen.

Draußen konnte ich schon die Schüler über den Flur rennen hören. Trotz Hustenanfalls kreiste nur noch ein Gedanke durch mein Hirn: Du bist Frau Lunte, und die ist auf dem Jungenklo. Du bist Frau Lunte, und die ist auf dem … Ihr wisst schon.

In letzter Sekunde und mit letzter Kraft hab ich mich in eine Kabine gerettet, die Tür hinter mir verschlossen und die Luft angehalten. Noch nie war ich so glücklich darüber gewesen, dass wir nicht mehr im alten Rom leben, denn da gab es keine Klokabinen, nur öffentliche Latrinen. Da haben sich alle nebeneinandergehockt und nett gegrüßt, stelle ich mir vor:

Hallo, Thomas, hallo, Hugo, hallo, Frau Lunte …

Allein bei dem Gedanken kann man tot umfallen.

Bin ich aber nicht, ich hab die Zähne zusammengebissen und bin mühsam mit den Dingern an meinen Füßen auf die Klobrille geklettert – für den Fall, dass einer der Jungen auf die Idee kommt, unter der Tür durchzuspicken. Ist alles schon vorgekommen.

Dass eine kurze Pause so lang sein kann, hätt ich nicht gedacht. Normalerweise schnippt man mit dem Finger, und schon sind die fünf Minuten um. Man schafft es gerade noch, die Hose hochzuziehen (und unter besten Bedingungen auch noch, die Finger nass zu machen), bevor das Pausenende ertönt. Diesmal leider nicht, es lief die Zeeeiiitluuupeee. Alle bösen Mächte müssen sich gegen mich vereint haben und Darth Vader hat sie angeführt. Denn während ich auf dem Klo hockte und bei jedem Rütteln oder Pochen an der Tür Schweißausbrüche bekam, hörte ich ihn laut in meinem Ohr schnaufen. Oder war ich es, der so laut geschnauft hat? Wer weiß, vielleicht hab ich mich zwischendurch in Darth Vader verwandelt. Wär ja ein echtes Upgrade im Vergleich zur Lunte gewesen. Aber selbst dieses kleine Glück war mir nicht vergönnt.

Zwei

Es ist euch hoffentlich klar, dass ich das alles nicht zum Spaß von mir gebe, ich häng mich ganz schön aus dem Fenster. Und das war gerade mal so was wie der erste Akt – es geht ja noch weiter, noch viel schlimmer! Zur Abwechslung sitz ich gerade auf einem anderen Klo, und zwar auf dem Mädchenklo, falls ihr es genau wissen wollt. Die Tür hab ich von innen verrammelt, weil die Schrulle hinter mir her ist. Nur, damit ihr eine Ahnung bekommt, wie's im Moment bei mir aussieht.

Wenn ihr verhindern wollt, dass ich hier verschimmle und mich der Hausmeister als männliches Skelett in Frauenklamotten heraustägt, dann tut bitte was! Irgendwas! Nicht, dass ich gerade was vorhätte, aber Weihnachten möchte ich gern zu Hause unterm Tannenbaum verbringen und Geschenke auspacken. Ganz normal, so wie immer.

Ich bin einer von euch, holt mich hier R-A-U-S!!!

Drei

Es gibt tausend Gründe, unser Schulklo zu meiden, aber so 'ne Horrornummer wie die, als ich mich in die Lunte verwandelt hatte, stand nicht auf meiner Liste. Ich hab mir in den Arm gekniffen, für den Fall, dass alles nur ein Traum ist. Denn wenn es *nicht* wehtut, ist man fein raus und braucht sich null Gedanken mehr zu machen. Man dreht sich einfach auf die andere Seite und träumt was Netteres.

Leider hat es so *richtig* wehgetan!

Was in so einem Fall zu tun ist, steht in keinem Überlebenshandbuch. Ich hatte keine Idee, was der Grusel bedeutet, dafür hab ich gemerkt, dass es plötzlich still war. So, als hätte jemand den Ton ausgeknipst. Ich hab 'ne Weile gebraucht, bis ich wusste, dass es nicht an meinen Ohren lag, sondern daran, dass die Pause um und keiner mehr da war, der an meiner Tür rütteln konnte. Nur ein Wispern war zu hören, aber immer noch besser als das unheimliche Schnaufen, fand ich.

Im Gruselfilm ist das immer die Stelle, in der das Opfer die Tür öffnet, um zu sehen, ob die Gefahr vorbei ist. Denkste! Draußen lauern die Monster und lachen sich ins Fäustchen über so viel Blödheit. Ich bin nicht darauf reingefallen, ich hab die Klopapierrolle genommen, sie in die Kloschüssel getaucht und dann über die Tür geworfen, um die Monster zu verjagen. Klowasserbomben sind nicht ihr Ding. Müsst ihr euch unbedingt merken.

Weil das Wispern trotzdem nicht aufhörte, bin ich von der Toilette runter, um das Problem von unten anzugehen. Dabei sind zwei Sachen passiert: Erstens hab ich gerafft, dass gar keine Monster hinter dem Wispern steckten, sondern die Spülung, die pausenlos lief. Und zweitens bin ich mit dem rechten Absatz unter der Brille hängen geblieben. Und schwupps, lag mein Schuh in der Kloschüssel.

Habt ihr schon mal von »Murphys Gesetz« gehört? Es besagt, dass alles schiefgeht, was schiefgehen kann, zett bee, dass ein Butterbrot immer auf die Butterseite fällt. Oder mein Schuh ins Klo. Bei mir schlägt Murphys Gesetz regelmäßig zu, aber so schrecklich und kurz hintereinander wie an dem Tag noch nie.

Spaß hat es nicht gemacht, meinen Fuß in den klowassernassen Schuh zu stecken, das kann ich euch sagen. Ich bin aus der Kabine geschlichen und zur Eingangstür, um nach draußen in den Gang zu spähen. Die Luft war nicht lupen-, aber besenrein, will sagen, ich hab nicht auf bessere Zeiten

gewartet, sondern bin raus, bevor mir jemand über den Weg läuft. Denn falls ihr's noch nicht wisst: Eine Katastrophe kommt niemals allein!

Meine nächste kam von links und hieß Schrulle. Mein Schreck war so groß, da hätte ich zweimal reingepasst. Schlimm genug, der alten Schrulle im Normalzustand zu begegnen, aber … so?

Ich hab geschrien, erst wegen der Schrulle, und dann gleich noch mal wegen der fiepsigen Stimme, die aus meinem Inneren kam. Das war noch 1000 Mal schlimmer, als mit der Schrulle zusammenzuprallen!

Komischerweise merkte die alte Schrulle nicht, wer ich wirklich war, sie war nicht mal überrascht, dass ich rumschrie wie eine Verrückte. Anscheinend war sie so was bei der Lunte gewohnt. Stattdessen hatte sie meinen tropfenden Schuh im Visier. Vielleicht waren es auch nur meine Absätze, auf denen ich herumtorkelte, um mein Gleichgewicht zu halten. In ihrem Hirn schien jedenfalls mächtig was los zu sein, es knirschte, als würden ihre rostigen Zahnräder auf Hochtouren laufen. Unter normalen Umständen hätt ich gern mal einen Blick hinein riskiert. ... Oder vielleicht doch lieber nicht. Wer weiß, was ich da entdeckt hätte: Spinnweben sind noch das harmloseste, was mir einfiel.

Die Schrulle fixierte mich mit ihren Augen wie mit einem Schraubstock. Dabei kam sie so nah heran, dass ihr modriger Atem in meinen Nasenlöchern kitzelte. Ob ich was getrunken hätte, wollte sie wissen. Mir fiel die Cola ein, die ich heimlich vorm Frühstück alle gemacht hatte. Das ging die Schrulle ja nun wirklich nix an.

Ich hab auf stumm geschaltet, auch weil ich die fiese Lunte-Stimme nicht hören wollte. Aber bei der alten Schrulle zieht so was nicht. Bevor ich mich verdünnisieren konnte, hatte sie meine Hand schon unter ihren Arm geklemmt und schleppte mich ab, in einem Tempo, das ich ihr nicht zugetraut hätte. Ich hatte Mühe, ihr auf meinen Stelzen zu folgen, ohne mich der Länge nach hinzulegen. Eh ich mich's versah, stand ich mitten im Lehrerzimmer, umringt von Frau Jacoby, Herrn Mörtel und Herrn Reus, der zwar einen tollen Namen hat, aber ein Tor nur dann trifft, wenn er mitten auf der Torlinie steht. Dabei ist er Sportlehrer.

Wenn eins mal klar ist: Das Lehrerzimmer ist für Schüler TABU! Hier beginnt die VERBOTENE ZONE! Wer das missachtet, wird mit Einzelunterricht bestraft. Was mit Schülern passiert, die wie ihre Lehrerinnen aussehen und unfreiwillig hier sind, hat uns keiner verraten.

Ich hatte sowieso keine Wahl. Jacoby, Mörtel und Reus (ich nenn sie ab jetzt JMR) stürzten sich gleich auf mich. Alle redeten aufgeregt durcheinander: Wo ich so lange geblieben bin? Dass ich noch nicht unterschrieben hätte. Und dass Herr Mattuschek jeden Moment kommen müsse.

Das war mir so was von egal, ich hab sowieso nur noch Bahnhof verstanden und mich gefühlt wie Indiana Jones in der Schlangengrube. Nur dass ich keine Peitsche dabeihatte, um mir den Weg freizukämpfen. Frau Jacoby, die meine Lieblingslehrerin ist, weil ihre Reli-Stunden immer ausfallen, drückte mir einen Kuli und eine Glückwunschkarte in die Hand, mit einer Torte drauf, auf der eine »64« stand. Ich glaub, ich sollte unterschreiben. Ohne nachzudenken habe ich einfach meinen Namen druntergekritzelt, aber dann ist mir

eingefallen, dass mich alle für die Lunte halten. Gott sei Dank hat niemand gesehen, wie ich meinen Namen heimlich übermalt hab – mit einer brennenden Dynamitlunte. Zeichnen kann ich sowieso schöner als schreiben.

Die alte Schrulle war inzwischen mit Herrn Mörtel zu einem Schrank gerast und schloss ihn mit genau dem Schlüssel auf, den sie in Geschichte von Frau Lunte, also der echten, bekommen hatte. Deswegen also das ganze Getue vorher in der Klasse.

Herr Mörtel, den wir Herrn Brösel getauft haben, weil seine Schultern immer voller Schuppen sind, die auf uns herunterrieseln, wenn er sich zu uns beugt, also Herr Mörtel holte ein verpacktes Geschenk heraus und drückte es mir in die Hand, obwohl ich das nicht wollte. Dann zogen alle an mir rum, bis wir in einer Reihe nebeneinander standen – wie bei der Nationalhymne vor dem Spielanpfiff.

Als die Tür aufging und Herr Mattuschek hereinkam, unser Biolehrer, freuten sich alle außer mir und fingen an zu singen. Nicht die Nationalhymne, sondern ein steinaltes englisches Lied, wahrscheinlich heißt es deswegen »*When I'm 64*«. Ich kenne es, weil mein Vater Platten aus dem letzten Jahrhundert sammelt. Die sehen zwar aus wie schwarze Steinofenpizzen, aber sie kommen nicht in den Ofen, sondern auf den Plattenspieler, ist ja klar, wegen der Musik, die da in eine Rille reingepresst ist und über eine Nadel wieder rausgekratzt werden muss.

Ist ja auch egal. Ich hab mir jede Menge Mühe gegeben mitzusingen, aus Angst, dass sonst alle merken, wer ich bin. Tat aber keiner. Außer Herr Mattuschek möglicherweise. Der zwinkerte mir zu und sah mich dabei so komisch an. Vielleicht war das aber auch nur verschwörerisch gemeint, weil er merkte, dass ich die ganze Zeit extralaut gegen den falschen Takt der anderen ansingen musste. Ich wusste nicht, wo ich hingucken sollte. Unter meinen Schuhen sah der Boden schon ziemlich feucht aus. Ob vom Restwasser oder von meinem Angstschweiß, der an mir herunterlief, weiß ich nicht.

Kaum war das Lied zu Ende, jubelten alle los. JMR sahen mich an und machten jede Menge Zeichen.

Dass ich das Geschenk noch in der Hand hatte, merkte ich erst, als die Schrulle ihren Ellenbogen in meine Seite rammte. In einem Reflex warf ich Herrn Mattuschek das Geschenk zu. Ich weiß gar nicht, warum alle so erschrocken guckten, Mattuschek fing es doch auf.

Ich war selbst ganz gespannt, was drin war, trotz meiner Aufregung. Am liebsten hätte ich das Geschenkpapier für Mattuschek aufgerissen, aber das besorgte er leider selbst.

Eine Fledermaus kam zum Vorschein, eine, die auf einem Sockel aufgespießt war. Zuerst hab ich mich gewundert, wegen Tierschutz und so, aber dann habe ich gesehen, dass sie schon tot war, da war das eh egal.

Während ich mich gefragt hab, wer von JRM + S (S ist für Schrulle) die Fledermaus gefangen hat, habe ich wieder Schrulles Bodycheck gespürt. Langsam nervte es mich, weil ich jedes Mal aufpassen musste, nicht aus meinen Schuhen herauszufliegen. Als mich auch noch JRM auffordernd anguckten und dabei wilde Grimassen zogen, habe ich kapiert, was die vier von mir wollten: eine Rede.

Ich bin zwar sonst für Reden immer zu haben, aber ich hab noch nie im Leben eine Geschenkrede gehalten, so was machen doch nur Erwachsene. Okay, habe ich mir gesagt, wenn

es sie glücklich macht und ich danach endlich aus dem Lehrerzimmer raus darf …

Weil eine Rede zum Thema passen sollte und das Geschenk eine tote Fledermaus war, habe ich eben eine Grabrede gehalten. Persönlich kannte ich die Fledermaus ja nicht, aber ich hoffte für sie, dass sie ein langes, schönes und insektenreiches Leben hinter sich hatte, bevor sie starb (wie alt kann eine Fledermaus eigentlich werden? Ach egal!). Und weil ein normaler Tod nicht so heldenhaft klingt, habe ich das Ganze ein bisschen ausgeschmückt: dass sie mit einer riesengroßen Drohne gekämpft hat, die die Welt vernichten wollte, und dass wir ihr alle unser Leben verdanken.

Ich fand die Geschichte super, und JRM + S + M (für Mattuschek) haben gebannt zugehört, denn bei allen stand der Mund so offen wie ein Scheunentor. Als ob sie gleich wieder »*When I'm 64*« singen wollten. Um das zu verhindern, habe ich schnell noch ein paar Dankesworte hinterhergeschoben: An das Kaufhaus, das die Fledermaus glücklicherweise zu einem echten Sonderpreis abgegeben hat, denn sonst würde sie dort noch immer ganz hinten in dem staubigen Regal stehen, statt sich bei Herrn Mattuschek auf ein glückliches Leben nach dem Tod freuen zu dürfen.

JRM + S haben eine Weile gebraucht, bis sie ihren Mund wieder zuklappten, ich glaube, sie waren jetzt richtig ergriffen von meiner Rede. Klar, wär ich an ihrer Stelle auch, ich hab mich ja echt ins Zeug gelegt. Herr Mattuschek applaudierte begeistert und drückte mir zu meinem Schreck einen Kuss auf die Wange. BAAH! Obwohl ich sie sofort gründlich mit dem Geschenkpapier abgewischt habe, hatte ich nur noch einen Gedanken: Wo ist das Desinfektionsspray? Während JRM + S dem Geburtstagskind gratulierten, wollte ich mich verdünnisieren, aber jemand hielt mich fest. Diesmal war es nicht die Schrulle, sondern Herr Mattuschek, der mir ein volles Sektglas in die Hand drückte. Ich konnte ihm ja schlecht sagen, dass Alkohol für Kinder verboten ist, denn dann hätten ja alle Bescheid gewusst. Also hab ich in den sauren Apfel gebissen, wie Papa immer sagt, wenn Mama ihn zum Tanzkurs schleppt, und habe daraus getrunken. So furchtbar sauer, wie das geschmeckt hat, kann kein Apfel auf der ganzen Welt sein. JRM + S + M waren komischerweise trotzdem supergut drauf, mehr als mir lieb war. Als ich das Glas abstellen wollte, war es gleich wieder voll. Und Mattuschek wollte mich nicht weglassen, bevor ich den Sekt ausgetrunken hatte. Wahrscheinlich war er froh, wenn er ihn los war.

Was sollte ich machen? Ich hab das schreckliche Zeug in einem Zug ausgetrunken, um schnell wegzukommen. Aber statt mich wie versprochen gehen zu lassen, hielt Mattuschek mich am Arm fest. Er fand, dass ich die supernette Runde jetzt doch nicht verlassen könne, und hakte sich einfach bei mir ein. Normalerweise wär das ein super Grund gewesen, einen neuen Fluchtweltrekord in 100 m aufzustellen, aber es fiel mir schon schwer genug, aufrecht stehen zu bleiben. Nicht nur wegen der Schuhe und weil meine Beine auf einmal aus Pudding waren. Mein Gehirn fuhr Karussell und mein Magen auch, leider in verschiedene Richtungen.

Ich kippte einfach um. Mattuschek fing mich zusammen mit Mörtel auf. Ich weiß nicht, was schlimmer war: Mörtels Gebrösel, das mich danach wie einen Kuchen überzog, oder Mattuscheks Hände, die meine noch immer festhielten, als würden sie ihm gehören. Obwohl ich das alles gar nicht lustig fand, musste ich blöd kichern. Das hat Mattuschek ermuntert, mir auch noch etwas ins Ohr zu raunen, was ich gar nicht wissen wollte: dass ich wunderschöne Hände hätte.

Du mich auch, hab ich gedacht, obwohl es ja gar nicht meine Hände waren, sondern die der Lunte. Am liebsten hätte ich Mattuschek auf den Mond geschossen. Soll er doch die Mondianer nerven. Ich nahm mir vor, nächstens in Physik besser aufzupassen, zumindest wenn das Thema Antriebstechnik drankommen sollte.

Noch nie habe ich mich so gefreut, als die Schrulle an mir zerrte, damit ich Herrn Mattuschek nicht länger alleine in Beschlag nahm. Die anderen wollten schließlich auch noch was vom Kollegen haben. Das war der beste Satz, den sie je von sich gegeben hatte. Mit strengem Blick gab sie mir ein großes Glas Wasser, das ich sofort runtergekippt hab, während die anderen sich dem restlichen Sekt widmeten.

Während der Verschnaufpause drehte sich das Karussell in meinem Kopf ein bisschen langsamer. Zum Chillen war trotzdem keine Zeit. Mir fiel nämlich ein, dass irgendwo da draußen noch die andere Lunte sein musste – die echte. Und irgendwann würde sie im Lehrerzimmer auftauchen und wir würden als doppeltes Lottchen rumlaufen und zum Gespött der Menschheit werden. So wie Basti und Linus in dem Stück, das die Theater-AG letztes Jahr aufführte. Irgendeiner ist immer dabei, der seine Handykamera laufen lässt, und dann landet man noch als Millionenklick auf YouTube.

Ich hab zu Mattuschek rübergeschielt und gleichzeitig versucht, die Tür im Blick zu behalten. Das hat leider nicht geklappt. Erstens, weil ich kein Chamäleon bin, und zweitens, weil mir mein linkes Auge vor Schreck beinahe rausgefallen wär:

In der Lehrerzimmertür stand auf einmal ... *ICH, TOBIAS!!!* Kein Scheiß!! Und zwar genau so, wie ich am Morgen zur Schule gegangen bin: mit ungekämmten Haaren und einem Loch in der Jeans, durch das ich bis zum Knöchel greifen konnte. Sogar der Tomatenketchupfleck auf dem Ärmel vom Abendessen war da. Nur zwei Dinge stimmten kein Stück: die Tasche über der Schulter, die so aussah wie die der Lunte und vor *allem*: die Art, ***wie*** ich dastand. Mit knetenden Händen und verlegenem Lächeln. So was von uncool!

Hände sind dazu da, um sie in die Hosentaschen zu stecken oder in die Seite zu stemmen. Man kann auch Liegestütze mit ihnen machen und anderen auf die Schulter hauen. Aber doch nicht vor dem eigenen Unterleib rumfummeln! Das geht *gar* nicht! Erst recht nicht in Kombination mit so einem dämlichen Blick. Da kann man gleich ein Schild vor sich hertragen: Ich will von allen verkloppt werden!!!!

Die Wahrscheinlichkeit, als Siebtklässler an einem Herzinfarkt zu sterben, ist relativ gering, habe ich gelesen. Viel eher wird man von einem SUV oder einem Lkw überrollt – je nachdem, wo man wohnt und was gerade da ist. So ein richtiger Trost war das für mich in diesem Moment aber nicht. Ich litt echte Höllenqualen beim Anblick des falschen Tobias. Und ein Lkw, der mich hätte erlösen können, war nirgends in Sicht.

Dafür ahnte ich allmählich, was passiert war: Frau Lunte und ich hatten die Körper miteinander getauscht! Keine Ahnung, wie das passieren konnte, aber wer auch immer für diesen Scherz verantwortlich war: ICH KANN DARÜBER NICHT LACHEN!!! KAPIERT? Karneval ist lang vorbei. Und wenn ich mich verändern will, dann entscheide *ich* das.

Oder war es gar kein Scherz, sondern Schicksal? Eine Laune der Natur … oder gar Gottes? Mir fiel ein, wie lange ich nicht mehr gebetet hatte. Das letzte Mal für meinen Bruder: dass ein Wolkenbruch seine Frisur ruiniert. Aber das war schon Monate her, Gott kann sich doch nicht alles merken. Oder?

Ich hab mir gut zugeredet – dass in ein paar Minuten bestimmt alles wieder vorbei ist. Und bis dahin niemand etwas merkt, weil die Lunte im Unauffälligsein so dermaßen gut ist, dass sie bei 'ner Olympiade alle Goldmedaillen abräumen würde. Man bemerkt sie nicht einmal, wenn sie im selben Raum ist. Das musste sie doch auch als Tobias Rolle hinkriegen. Musste sie einfach.

Dachte ich. Doch sie tat es nicht. Sie stand rum und rum und fummelte, bis Frau Jacoby auf sie aufmerksam wurde und sie fragte, was los sei. Eigentlich hat Frau Jacoby geglaubt, dass ich, Tobias, vor ihr stehe, also müsste ich sagen, sie wurde auf *ihn* aufmerksam und hat *ihn* gefragt, aber so was zu schreiben bring ich echt nicht übers Herz, es geht immerhin zur Hälfte um mich. Mit diesem Tobias-Verschnitt, der blöd rumstand wie 'ne Wäschetruhe, will ich nichts zu tun haben. Nicht mal den Namen teilen, hört ihr? Außerdem war er *für mich* immer noch die *Lunte*. Also müsst ihr euch dran gewöhnen, dass ich von ihm nur noch in der weiblichen Form rede. Schluss, aus, basta!

Die Lunte (also Tobias – für alle, die es noch nicht gecheckt haben) lächelte verklemmt, als die Jacoby sie ansprach. Und als sie sich endlich zu antworten traute, kam ein Stimmchen raus, das so leise war, dass man dafür ein Hörrohr braucht. Sie müsse dringend Frau Lunte sprechen, *sehr, sehr* dringend.

Sie meinte **MICH!**

Vor Schreck bin ich hinter den Schrank geflüchtet. Dabei hab ich mich furchtbar aufgeregt. *Ich* spreche nämlich aus Prinzip laut und deutlich, es sei denn mein Mund ist voll oder ich putze mir beim Telefonieren die Zähne. Das ist absolut überlebenswichtig, nicht das Zähneputzen, sondern das laute Sprechen, weil man sonst nicht die Lehrer übertönen kann. Und wenn man Olli auf dem vollen Schulhof verloren hat, ist das sowieso die einzige Chance, ihn vor Ostern wiederzufinden.

Die Jacoby kam mich holen. Sie wunderte sich, was ich hinter dem Schrank machte. Was wohl, hab ich gedacht: mich verstecken. Auf keinen Fall wollte ich mit der Lunte sprechen, solange *sie* aussah wie *ich* normalerweise. Doch als ich merkte, dass sich Mattuschek von rechts näherte, änderte sich meine Meinung sofort, und ich bin an der Jacoby vorbei nach draußen getrapst. Denn mich küssen, das würde die Lunte garantiert nicht.

Die Lunte und ich sind stocksteif nebeneinanderher gegangen, weg vom Lehrerzimmer. Keiner von uns beiden hat einen Ton gesagt. Aber die Lunte hat mich genauso verstohlen von der Seite angeguckt wie ich sie. Krasses Gefühl, sag ich euch. Wie im Traum. Nur, dass der Traum ein Albtraum war und der Albtraum Wirklichkeit.

Bei der Treppe zu den Kellerräumen sind wir stehen geblieben. Ich hab die Zähne nicht auseinandergekriegt. So nervös bin ich sonst nur, wenn es in der Verlängerung 1:1 steht. Soweit hatte mich die Lunte also schon. Na danke, habe ich mir gesagt, warum musste die Lunte mir ausgerechnet ihre nervigsten Eigenschaften vererben? Ein Goldhamster oder ein bisschen Bargeld wäre mir lieber gewesen.

Zu meiner Verteidigung: Mit einer Lehrerin über den eigenen Körper zu sprechen, geht gar nicht. Vor allem, wenn man die Besitzverhältnisse erst noch abklären muss. Ich kann mich ja schlecht hinstellen und sagen, dass ich meinen Körper zurückhaben will. Und zwar ungebraucht und unbepupst. Das ist so was von oberpeinlich.

Ich hab ständig den Ketchupfleck angucken müssen. Komischerweise fallen mir Flecken sonst überhaupt nicht auf; nur Mama ist gut darin, die kann sie sogar nach ihrer Herkunft einteilen. Aber dieser Fleck war *meiner*, und ich fand es nicht okay, dass Frau Lunte mit ihm spazieren ging.

Sie war es dann, die mit dem Reden anfing. Sie sagte, dass mit uns etwas passiert sei, das zwar unerklärlich scheint, aber dass es für alles eine wissenschaftliche Erklärung gibt. Und sie wusste auch, wer schuld an allem war: das Experiment, das außer Kontrolle geraten war.

So ganz stimmt es ja nicht, was sie gesagt hat, denn das Experiment kann ja nichts dafür, wenn Frau Lunte etwas verschüttet. Aber dann ist mir mein kleines Neben-Experiment mit Schrulles Haar eingefallen, von dem die Lunte nichts wusste. Das wollte ich lieber nicht an die große Glocke hängen. Die Lunte war sowieso der Meinung, dass wir es nur mit einer ganz harmlosen Nebenwirkung zu tun haben, die in ein paar Stunden von selbst verschwindet.

Das mit dem harmlos finde ich ganz schön untertrieben.

Harmlos sind für mich Überschwemmungen im Bad oder Asseln im Bett. Aber doch nicht Schuhe, mit denen man sich das Genick brechen kann, oder Kleider, die keine Hosentaschen haben! Von dem Rest, der in dem Kleid steckt, ganz zu schweigen.

Wir sollten einfach abwarten, meinte die Lunte, und so lange mit niemandem über unser Problem reden, nicht mal mit der Familie oder mit Freunden. Das hätte sie mir nicht extra sagen müssen. Glaubt sie in echt, ich hab nichts Besseres zu tun, als mich auf den Schulhof zu stellen und allen zuzurufen: Kuckuck! Ich weiß etwas, das ihr nicht wisst, und das ist der Hammer!!?

Die Lunte hatte aber tatsächlich noch ein richtig gutes Argument, warum niemand etwas von unserem Problem erfahren sollte: die Wissenschaft. Für die wären wir *das* Forschungsobjekt des Jahrhunderts. Man würde uns in ein Labor stecken und Experimente mit uns machen. Da habe ich einen Schreck gekriegt. Auf neue Kreuzungen aus mir und der Lunte hatte ich nun wirklich keine Lust. Man weiß ja nie, auf was für Ideen die Forscher so kommen. Am Ende tauschen sie auch noch Köpfe und Beine bei uns aus, so wie sie das bei Mäusen machen, und stellen uns dann in einer

Museums-Vitrine aus. Die Vorstellung, dass Mattuschek mit meiner Klasse vor mir steht und sich alle ihre Nasen am Vitrinenglas platt drücken, hatte das Zeug, in der Liste meiner schlimmsten Albträume ganz nach oben zu wandern.

Die Rolle meiner Lehrerin noch länger spielen zu müssen, fand ich aber auch nicht gerade oberaffengeil (das Wort stammt von Papa, nicht von mir!). Vor allem, als Frau Lunte mir ihre Tasche in die Hand drückte – mitsamt ihrem Wohnungsschlüssel und einer kilometerlangen Liste mit Dingen, die ich sein lassen sollte, und anderen, die ich zu beachten hätte. Nur ihr Portemonnaie, das nahm sie heraus und steckte es in ihre Hosentasche. Genau in die, in der ich meinen Hausschlüssel aufbewahre. Da wurde mir klar, was das Versteckspiel für Folgen hat: So wie ich aussah, konnte ich schlecht nach Hause gehen und meine Mutter fragen, was es heute zum Abendessen gibt. Das weiß sie zwar sowieso nie, weil mein Vater kocht, aber ihr versteht schon, wie ich das meine. Frau Lunte und ich mussten *alles* tauschen, selbst die Wohnung und die Familie! Dabei hatte die Lunte nicht mal eine. Also Familie, mein ich.

Ich geb zu, ich nehm gern ab und zu Erholungsurlaub von meinem Bruder Till, aber eine ganze Nacht allein in einer fremden Wohnung … das ist gruselig. Da würd ich mir ja noch lieber mit Till ein Zimmer teilen.

Ein Gedanke schoss mir durch den Kopf, und der hat mich dann getröstet: dass ich der erste Schüler bin, der eine Lehrerwohnung von innen sieht und dort Party machen kann. Zwar musste ich der Lunte hoch und heilig versprechen, nichts anzustellen. Aber von den überkreuzten Fingern hinter meinem Rücken hat sie nichts mitbekommen. ☺

Vier

Das Haus von Frau Lunte hatte keine Garage, und man konnte nicht drum herum laufen, aber dafür war es zwei Stockwerke höher als unseres. Pro Etage gab es zwei Wohnungen, die von der Lunte war ganz oben rechts. Kann mir irgendjemand verraten, warum nicht unten rechts? Wegen der Lunte durfte ich mit den Steigeisen an meinen Füßen die ganzen Treppen nach oben klettern. Und zwar ohne vorher abzustürzen. Als ich oben ankam, hab ich die Schuhe von mir geschleudert. Ausgerechnet in dem Moment ging die gegenüberliegende Tür auf und die Schuhe flogen – zack! – hindurch, dem Nachbarn in den Bauch. Der hat vor Schreck seine Mülltüte fallen gelassen, obwohl er die wahrscheinlich gerade herunterbringen wollte. Ich konnte ja nun wirklich nichts dafür, dass er so ein schlechtes Timing hatte. Als Wiedergutmachung wollte ich dem Mann die Schuhe schenken, aber er konnte sie nicht gebrauchen, nicht mal zum Werfen. Deswegen hab ich ihn gefragt, ob er die Schuhe gleich mit nach unten nehmen könne. Das hat er dann auch gemacht. Am liebsten hätte ich ihm auch noch Luntes enge Klamotten in die Hand gedrückt, die zwickten wie eine Horde Wanzen.

Nachdem ich Luntes Tür aufgeschlossen hatte, musste ich mich erst mal auf dem Boden ausruhen. Natürlich nicht im Treppenhaus, sondern in Luntes Flur. Ich war so fertig, dass ich nicht einmal mehr die Tür hinter mir zumachen konnte. Das hat dann der nette Nachbar für mich erledigt, als er wieder hochkam – er heißt übrigens Herr Brand, hab ich herausgefunden. Brand und Lunte Tür an Tür: Da fehlt nur noch die Zündschnur.

Es war schlimm genug, sich mit den engen Klamotten hinzusetzen. Aufzustehen war 'ne echte Zirkusnummer. Ich bin dann lieber gerobbt, und zwar ins Schlafzimmer, das war Gott sei Dank gleich nebenan. Der Schrank war proppenvoll, aber ob ihr es glaubt oder nicht, es war nichts Brauchbares drin. Nur überflüssiges Zeug wie Rüschenblusen, enge Röcke und Kleider, von denen man nicht weiß, wo vorne oder hinten ist. Nicht mal 'ne einfache Jogginghose gab's im Angebot. Kein Wunder, dass Luntes Nerven so häufig am Boden waren.

Meine waren inzwischen sogar im Kellergeschoss, bis ich dann unterm Bett eine Karnevalskiste fand, und da haben sich meine Nerven ruckzuck wieder erholt. Zwischen den Hüten und Perücken fand ich nämlich einen rosa Kaninchenanzug mit weißen Ohren. Über Luntes Geschmack lässt sich streiten, aber besser als nichts, habe ich mir gesagt, Hauptsache, Ganzkörperkostüm. Praktischerweise waren unten sogar Hasenfüße dran, keine echten, sondern welche zum Überziehen. Denn nachdem ich Luntes Kleiderschrank kennengelernt hatte, konnte ich auf ihren Schuhschrank gut verzichten.

Ich zog mich erst um, nachdem ich das Bad komplett abgedunkelt hatte, denn ich wollte der Lunte auf keinen Fall in Unterwäsche begegnen. Von gruseligen Bildern kann man einen Schaden kriegen, sagt Opa immer. Ich weiß nicht, ob er damit Oma meint oder ihr Gebiss, wenn es im Aquarium schwimmt. Aber einen Schaden will ich auf keinen Fall bekommen. Leider war es in Luntes Bad so eng, dass ich in der Dunkelheit überall gegengestoßen bin und dauernd etwas zu Boden gescheppert ist.

Das Gefühl, endlich wieder Stoff an den Beinen zu spüren, war wunderbar. Was störte, waren die Ohren, die am Ende klitschnass am Rücken herunterhingen. Ob das vom Klo kam, in das ich fast hineingefallen wär oder von der Duschbrause, die immer im Weg stand, weiß ich nicht. Ich hoffe mal Letzteres. So oder so: Ich sag nur Murphys Gesetz.

Nachdem ich das Bad ja schon mal kannte, hab ich eine Sightseeingtour durch den Rest von Luntes Zweizimmerwohnung gemacht. Ich sag euch jetzt mal was: Ihr habt nichts verpasst. Keine Wii, keine Konsole, keine DVDs, nicht mal ein Tablet. Wie man in einer solchen Wüste leben kann, ist mir schleierhaft.

Vor lauter Langeweile merkte ich, dass ich hungrig war, also bin ich in die Küche und hab mich über den Kühlschrank hergemacht. Das heißt, ich wollte es, denn mit Joghurt und Quark kann man nicht nur Einbrecher, sondern auch mich vertreiben. Vielleicht hatte die Lunte deswegen so viel davon gebunkert. Gott sei Dank habe ich im Tiefkühlfach zwei Pizzen mit Salami gefunden, die sie hinter drei Packungen Spinat ver- steckt hat. Woher ich die Extraportion Ketchup nehmen sollte, die bei mir auf jede Pizza gehört, wusste ich nicht. Dann ist mir aber der nette Nachbar eingefallen, und da habe ich bei ihm geklingelt und ihn gefragt, ob er mir aushelfen kann.

Herr Brand hat nicht sofort geantwortet, sondern nur komisch geguckt. Ich hab überlegt, ob er noch sauer sein könnte. Dann ist mir eingefallen, dass höchstwahrscheinlich nicht jeden Tag rosa Hasen an seiner Tür klingeln. Die sind zwar nicht so selten wie rosa Flamingos, aber trotzdem. Ich hab so getan, als würde ich immer so rumlaufen. Denn die Wahrheit wäre ja auch nicht besser gewesen: dass ich gar kein Hase bin und auch nicht seine Nachbarin, sondern Tobias aus der 7c. Da wäre der gute Mann doch rückwärts umgefallen und dann wär's das ein für allemal gewesen mit dem Ketchup.

Herr Brand ist kurz in seiner Wohnung verschwunden. Und als er wiederkam, hat er mir eine XL-Ketchupflasche in die Hand gedrückt und rumgedruckst, ob er mich mal zum Essen einladen darf, wo wir doch schon so lange Nachbarn wären. Ich fand das überflüssig, weil ich ja jetzt Pizza und Ketchup hatte. Da ist er rot angelaufen. Keine Ahnung, warum. Vielleicht hätte er auch gern Ketchup zum Abendessen gegessen und hat sich nicht getraut, das zu sagen. Manchmal verstehe ich die Erwachsenen einfach nicht.

Ich hätte Herrn Brand ja gern getröstet, aber am Ende hätte ich noch die Pizza mit ihm teilen müssen, und das wäre an dem Tag eine Katastrophe zu viel für mich gewesen. Also bin ich zurück in Luntes Wohnung, habe die Pizza aus dem Ofen

geholt und versucht, das Beste aus dem Abend zu machen, indem ich es mir auf dem Sofa vor dem Fernseher gemütlich eingerichtet hab. Zu Hause darf ich das nicht, jedenfalls nicht in der Kombi mit Pizza und Ketchup. Und in Frau Luntes Liste stand nichts Genaues darüber, nur, dass ich ihre Sachen schonen soll. Mal ehrlich, Leute: Kann man Geschirr besser schonen, als wenn man es nicht benutzt?! Eben!

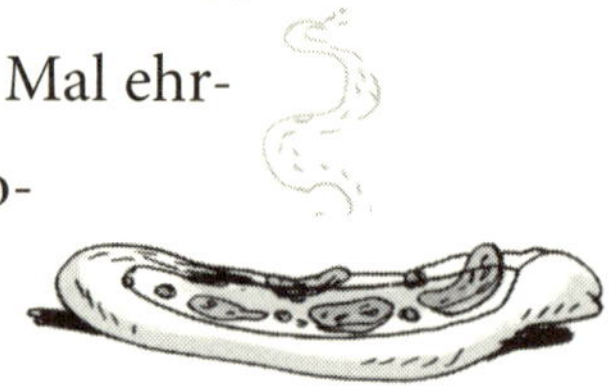

Die Pizza war leider schneller weg als mein Hunger, genauso wie der Ketchup in der Flasche. Den habe ich dann erst später wiedergefunden – auf dem Sofa. Dummerweise hatte das Sofa nicht die gleiche Farbe wie der Ketchup, zumindest vor dem Essen. Ich hab alles versucht, um das Sofa zu retten, aber selbst mit einem Küchenlappen habe ich die Flecken nicht wegbekommen. Es war aber auch zu blöd:

Ich konnte Mama, meinen heißesten Telefonjoker, nicht anrufen und fragen, was ich tun sollte, denn sie dachte ja, dass ich gerade mit ihr am Küchentisch zu Abend esse. Und im Internet konnte ich auch nicht nachschlagen, weil die gute Lunte keines hatte. In gewisser Weise war sie also selbst schuld daran, dass ihr Sofa jetzt etwas anders aussah.

Luntes Nachbar hat mir ein bisschen leidgetan, weil seine XL-Flasche jetzt leer war und er sie doch so ungern hergegeben hatte. Da habe ich Luntes Schränke noch einmal abgesucht, diesmal nach einem Wiedergutmachungsgeschenk für ihn. Mit einer Flasche Parfüm, die ich im Bad gefunden habe, bin ich zu ihm rüber und hab wieder geklingelt. Sie war zwar nicht mehr ganz voll, aber das war seine Ketchupflasche vorher ja auch nicht gewesen.

Als ich Herrn Brand die beiden Flaschen gegeben hatte (die halbvolle Parfümflasche und die leere Ketchupflasche), war Herr Brand wie immer total durcheinander. Dabei musste er inzwischen doch wissen, dass ich ein falscher Hase war. Ich glaube aber, er hat sich über das Geschenk gefreut, denn er hat es nicht umtauschen wollen. Er wollte aber an mein Kostüm ran, wegen der kleinen Flecken, die er entdeckt hatte. Zuerst dachte ich, er wär ein Fleckensammler. Mal was

Neues, hab ich gedacht. Bis er mir dann von seiner Teppichreinigungsfirma erzählt hat. Von mir aus kann er sich gern mit Mama austauschen, aber ich lass mich nicht reinigen, weder trocken noch feucht.

Ich hab ihn gefragt, ob er zufällig eine »Transformers«-DVD hat oder irgendwas anderes Cooles, aber das hatte er leider nicht, er besaß nicht einmal einen DVD-Player. Die Lunte und Herr Brand passen als Nachbarn echt gut zusammen.

Fast hätte ich Herrn Brand gefragt, ob er mit mir zusammen Fernsehen guckt, damit ich nicht allein bei Frau Lunte sitze. Aber dann fiel mir ein, dass er dadurch erfahren würde, wo sein ganzer Ketchup in Wirklichkeit geblieben ist, und da habe ich mich lieber allein vor Luntes Fernseher gesetzt. Ich hab das Programm rauf und runter und wieder rauf durchgeswitcht, weil ich auf keinen Fall schlafen wollte. Dann hätte ich nämlich den Moment verpasst, in dem ich mich wieder in Tobias verwandele. Aber nach dem ganzen Stress bin ich dann doch eingeschlafen und hab wie ein Weltmeister geträumt: von einer Giftküche, in der ein großer Topf voller Schuhe brodelte; die Schnürsenkel zappelten wie Würmer herum, während die Schrulle mit einem riesigen Löffel in dem Topf herumrührte. Der Dampf, der aufstieg, war ganz rot, bis alles explodierte, und dann waren da plötzlich zwei Hasen; beide sahen aus wie Till und klingelten abwechselnd an meiner Tür.

Irgendwann hab ich begriffen, dass das überhaupt kein Traum war. Ich mein nicht das mit Till, sondern das Klingeln. Ich hab ein Sofakissen nach dem Wecker geschmissen und anscheinend auch getroffen, denn ich hörte etwas auf den Boden scheppern. Aber der Wecker war es schon mal nicht, denn es klingelte in einer Tour weiter. Da erst hab ich gerafft, dass es das *Telefon* war, und bin übers Sofa zum Hörer gestolpert. Hätt ich mal lieber sein lassen. Denn eine genervte Frauenstimme ging wie eine Sirene auf mich los; sie rief in mein verschlafenes Ohr, wo ich denn bleibe, der Unterricht in der 7c hätte längst begonnen! Die Stimme kam mir bekannt vor, es dauerte nur etwas, bis sie durch alle Schichten zu mir durchgedrungen ist. Es war die Schulsekretärin, Frau Küppersbusch. Und da war ich plötzlich hellwach, weil mir einfiel, wo ich war: immer noch bei der Lunte zu Hause.

Ich hab den Hörer fallen lassen und bin ins Bad zum Spiegel gerast, um zu sehen, ob alles wieder auf Anfang war. Dreimal dürft ihr raten, was ich gesehen hab: die Lunte und niemand anders. Nur dass die jetzt auch noch verquollen, verstrubbelt und verschmiert aussah, ein klarer Fall von Zombie. Toll! Und das ist ironisch gemeint.

Ich bin zurück zum Telefon gerannt, in dem immer noch die Küppersbusch vor sich hinbrabbelte und habe aufgelegt, weil ich sonst nicht denken kann. Am liebsten hätte ich krank gefeiert, aber ich wusste nicht, wer für Frau Lunte die Entschuldigungen schreibt. Und außerdem traue ich es der Küppersbusch zu, dass sie von allen Lehrern einen Zweitschlüssel gebunkert hat, falls sie mal ungeplant Hausbesuche machen muss, um ihnen auf die Finger zu klopfen. Sie hat früher nämlich mal in einer Jugendstrafanstalt gearbeitet und ist der Meinung, dass Vertrauen okay ist, aber Kontrolle noch viel okayer. Erzählt das aber bloß nicht meinen Eltern, sonst bringt ihr sie auf falsche Ideen und dann ist Schluss mit chillig.

Weil man Frau Küppersbusch lieber nicht zu lange warten lässt, bin ich zu Herrn Brand rüber, habe Sturm geklingelt und ihn gefragt, ob er mich mit seinem Auto zur Schule fahren kann – ein echter Notfall! Herr Brand stand tollerweise schon mit Schlüssel und Mohnhörnchen in der Hand bereit, als hätte er die ganze Nacht auf mich gewartet. Er wollte erst nicht glauben, dass ich das Hasenkostüm selbst in der Schule trage. Ja soll ich denn halbnackt dort hingehen?

Wir sind zusammen die Treppen runter zu seinem Auto, einer lahmen Ente. Das Hörnchen habe ich Herrn Brand unten abgenommen, damit er schneller fahren kann. Und da ich nichts anderes zu tun hatte, habe ich ab und zu mal hineingebissen, bis das Hörnchen plötzlich weg war. Ich hab's nicht extra gemacht, aber eins muss ich festhalten: Ohne mich hätte das Auto noch viel mehr Mohnkrümel abgekriegt. Denn Herr Brand ist wie ein Rennfahrer in die Kurven gegangen und das Hörnchen flog mit mir zusammen von links nach rechts oder umgekehrt.

Zehn Minuten später standen wir vor der Schule. Das hätte Papa nicht schneller hingekriegt, und der drückt ganz schön aufs Gas, wenn Mama nicht im Auto sitzt. Dafür hat es dann aber dreimal so lang gedauert, bis ich meine Ohren aus dem Gurt herausgepfriemelt hatte und aussteigen konnte.

Ich hab gehofft, niemanden zu treffen. Aber als ich durch die Schule gelaufen bin, hat Kowalski, der Hausmeister, blöde Witze gerissen und mit einer Karotte aus seiner Brotbox gewedelt. Ich hab mir vorgenommen, wieder mit dem Beten anzufangen und Herrn Kowalski mit in meine Gebete aufzunehmen. So lange muss Till eben aussetzen.

Ich hab Herrn Kowalski meinen dritten Finger gezeigt und bin weitergerannt Richtung Fachräume, wo wir eigentlich seit einer halben Stunde Chemie bei Frau Lunte haben sollten – also bei mir.

Den ganzen Morgen über hab ich einfach funktioniert und nicht nachgedacht. Aber kaum stand ich vor dem Chemieraum, da begann das Knieschlottern. Ich konnte keinen Schritt mehr machen, egal wie sehr ich meinen Beinen zugeredet habe. Ich hab's dann sein lassen, weil die Beine ja Luntes waren und deswegen vielleicht nicht gehorchten. Stattdessen habe ich mir eine Palette Mut untergejubelt, so wie das unser Fußballtrainer Herr Knopke vor jedem Spiel mit der Mannschaft tut, damit wir nicht nur blöd vor dem gegnerischen Tor rumstehen, sondern auch mal schießen.

In diesem Moment ging die Tür zum Chemieraum auf und das Allerschlimmste, was passieren konnte, passierte: Es war

Hannah, die herauskam! Ausgerechnet die süße Hannah! Das einzige Mädchen in dieser Galaxie, das normal ist und kein überdrehtes Huhn. Mit dem man sogar ins Kino gehen könnte oder zu einem Fußballspiel.

Versteht ihr, was ich meine?

Fünf

Ich sag euch: In dem Moment, als ich Hannah gegenüberstand, wäre ich lieber ein Maulwurf als ein Hase gewesen. Dann hätte ich mich bis auf die andere Seite der Erdkugel durchgegraben, völlig egal, dass Hannah gar nicht wusste, dass ich Tobias bin. Sie hat mich von oben bis unten angeguckt und dann losgeprustet, als würde sie explodieren. Ich kam mir vor wie ein Volltrottel. Wenigstens die Hasenohren und den blöden Puschelschwanz hätte ich abschneiden können.

Entweder ich hab laut gedacht, oder Hannah kann Gedanken lesen, denn sie protestierte heftig. Für sie waren Schwanz und Ohren das Allerbeste am Kostüm. Was sie nicht okay fand, war mein Gesicht. Aber nicht so, wie ihr denkt, sondern weil mein Make-up nicht saß. Weil es verlaufen war. Hannahs Worte.

Ich hab überlegt, was Hannah damit meinen könnte, dann fiel mir die bunte Schlammlawine ein, die in der Nacht über mein Gesicht gerollt sein musste. Bis dato wusste ich nicht, dass ein Make-up sitzen oder laufen kann (vielleicht sogar hopsen, wenn man nicht aufpasst?). Für mich gehört so ein Wissen zum genetischen Geheimcode aller Mädchen. Irgendwann macht es PLING! und dann laufen sie wie fremdgesteuert in den nächsten Shop und laden sich die Einkaufskarre voll mit Farben, Stiften und Pinseln, statt sinnvolle Sachen zu kaufen wie Fußballtrikots.

Mir ist ein superschlaues Argument für meinen verwahrlosten Zustand eingefallen: dass ich von Make-up weniger verstehe als von einem Chemiebaukasten. Das trifft auf mich genauso zu wie auf die Lunte, ist also in jedem Fall wahr. Super, oder? Denn Hannah anlügen, das macht noch weniger Spaß, als einen Chemiebaukasten nach dem Experiment zu putzen.

Hannah nahm mich mit zum Mädchenklo, so was wie der Trainingsraum der gegnerischen Mannschaft, also tabu für Jungen!!! (Wehe, ich höre Kommentare. Dann setzt es was!!!!) Gott sei Dank war außer uns niemand dort. Hannah packte ihre Notapotheke aus, die aus der halben Drogerie bestand und anscheinend alle Mädchen für dringende Fälle mit sich herumtragen, wie zett bee ein versautes Gesicht wiederherzustellen. Das ging bei Han-

nah übrigens ratzfatz, und als sie fertig war, sah ich wieder aus wie ein Mensch. Na ja fast. Lunte bleibt Lunte.

In die Klasse hab ich mich trotzdem erst getraut, als Hannah, die im Mädchenklo noch was zu erledigen hatte, was ich gar nicht wissen wollte, also als Hannah mich eingeholt hatte und mit mir zusammen in die Klasse gegangen ist. Paula hat mich als Erste gesehen, sie hat aufgeschrien: ach-wie-süß!, als wäre ich Samu Haber persönlich, und mit dem Finger auf mich gezeigt, worauf sich 27 Augenpaare zu mir umdrehten. Herr Lorenz, der Vertretungslehrer, hat irritiert geguckt, dann ist er grinsend aufgestanden und hat den Unterricht an mich übergeben, obwohl ich das gar nicht wollte. Wenn nicht so viele Zeugen da gewesen wären, hätt ich mich vor ihm auf die Knie geschmissen und ihn angefleht zu bleiben.

Paula wollte unbedingt wissen, woher ich das tolle Kostüm hatte und wie viel es gekostet hat, aber Paula antworte ich aus Prinzip nicht, denn nach jeder Antwort fällt ihr eine neue Frage ein, und abgesehen davon, dass dabei Jahre vergehen können, buddelt sie dabei dein halbes Leben aus. Und irgendwann wäre sie beim Buddeln auf die entscheidende Frage gestoßen, warum ich in diesem Kostüm stecke. Also hab ich mich einfach taub gestellt und so lange die Deckenlampen begutachtet. Die ganze Zeit über gniggerten die anderen vor sich hin und rissen Witze, die ich nicht hören konnte, aber ich wusste auch so, was abgeht. Denn wenn ich auf meinem Platz neben Hugo, Justus und Olli gesessen hätte, hätten wir uns gegenseitig angestachelt, bis wir wegen akuter Atemnot vom Stuhl gekippt wären. Doch da saß jetzt die Lunte, und meine Freunde bekamen es auch ohne sie hin.

Wenn so ein Lachzug erst mal in Fahrt kommt, kann kein Lehrer ihn durch gutes Zureden stoppen, und die Lunte am wenigsten. Da helfen nur noch Sauerstoffmasken oder Strafarbeiten. Ich hab lieber abgewartet, bis der Zug an mir vorübergerollt ist, und nahm mir fest vor, nie wieder als rosa Lunte vor der Klasse zu stehen. Wenn, dann höchstens als Han Solo. Oder noch besser als Darth Vader. Die haben ein Laserschwert, an dem sie sich festhalten können, und keinen Puschel.

Es hat ein bisschen gedauert, aber irgendwann hatten sich alle von allein wieder berappelt und warteten auf eine Showeinlage von mir. Hätte ich an ihrer Stelle genauso gemacht, aber diesmal stand ich auf der falschen Seite, der des Lehrers. Mir blieb nichts anderes übrig, als endlich mit dem Unterricht anzufangen. Ausgerechnet Chemie!

Ich hätte jede Menge über die Technik des Auerbachsaltos erzählen können oder über die Eintrittsgeschwindigkeit des Körpers ins Wasser nach einem Sprung aus fünf Metern Höhe. Turmspringen ist nämlich mein größtes Hobby, neben Fußballspielen und Faulenzen. Es liegt mir im Blut, sagt Papa, darum bin ich schon bei der Geburt aus dem Bauch meiner Mutter kopfüber in ihre Arme gehüpft. Dass Chemie mir im Blut liegt, glaube ich eher nicht, denn ich hab keinen blassen Schimmer davon, ob ein Wasserstoffatom positiv oder negativ geladen ist. So was muss ich immer bei Justus abspicken, wenn Frau Lunte nicht hinguckt.

Da ich vergessen hatte, was in der letzten Stunde dran war, habe ich erst mal alle ihre Hefte aufschlagen lassen und bin durch die Reihen gelaufen, um sie mir anzusehen. Basti hat dabei von hinten an meinem Puschel gezogen, aber da ich nicht so 'ne Lusche wie Frau Lunte bin, habe ich es ihm sofort zurückgegeben. Basti hat geschrien, weil ich ihm mit einem Tritt auf seinen Fuß einen Hammerzeh verpasst hab. Frau Lunte ist erschrocken aufgesprungen, hat sich dann aber Gott sei Dank wieder gesetzt. Denn wenn eins mal klar ist: Für jemanden wie Basti würde *ich* nie aufspringen, es sei denn, er hat Geburtstag und verteilt Cola-Fläschchen.

Als sich Basti wieder beruhigt hatte, habe ich meine Mitschüler einfach der Reihe nach aus dem Chemiebuch vorlesen lassen. In der ersten Reihe links hab ich angefangen. Leider saß dort Tobi, der heute besonders viel gestottert hat, wodurch er die Molekülketten meterweise verlängert hat. Hannah, die mich sonst nicht mal mit der rechten Pobacke anguckt, hat immer wieder zu mir rübergelinst. Wenn ich nur wüsste, wen sie angeguckt hat: den Hasen, Frau Lunte oder mich? Manchmal können solche Details entscheidend sein, so wie das Fahrrad, das in China umkippt und ein Erdbeben in meinem Zimmer auslöst. Das nennt man Chaos-Theorie.

Praktischerweise war das Chaos aus China auch in meiner Klasse angekommen, denn Basti, dem der Fuß noch von meinem Tritt wehtat, konnte Linus, der ihm sein Geodreieck weggenommen hat, nicht hinterherlaufen. Also hat er ihm sein Mäppchen an den Kopf geworfen. Nur war das leider offen und der Inhalt verstreute sich auf dem ganzen Boden, worauf Linus vor Schadenfreude losbrüllte. So was geht natürlich gar nicht, während der Chemieunterricht läuft. Deswegen habe ich Tobi auch das Buch weggenommen, damit er endlich mit dem Lesen aufhört. Hat sowieso keiner zugehört.

Dabei hab ich gesehen, was Frau Lunte auf *meinem* Platz

veranstaltete: Sie rutschte wie ein kleines Kind nervös hin und her, als ob sie mal müsste. Geht's noch? Ich hab sie mir gekrallt, bevor das noch jemand anderes bemerkt, und bin mit ihr nach draußen vor die Tür. Sie wollte sich aber nicht aufs Klo schicken lassen, sondern hat einen ihrer nervösen Anfälle bekommen. Die erkennt man daran, dass ihre Augen flackern wie ein alter Monitor.

Um es kurz zu machen: Ihr hatte mein Unterricht nicht gefallen. Von chinesischen Fahrrädern hat sie eben keine Ahnung, hängt ja auch mehr mit Physik als mit Chemie zusammen. Gegen Kritik habe ich normalerweise nichts, vor allem, wenn sie gerecht ist und von mir kommt. Aber dass die Lunte *mir* vorwarf, ich würde *sie* vor den anderen lächerlich machen, war mal wieder typisch Lunte. Glaubte sie, ich steh auf rosa Plüsch und Hasenohren? Ich konnte doch nichts für ihren schlechten Geschmack. Hätte sie anständige Klamotten in ihrem Kleiderschrank, würde ich nicht so bescheuert rumlaufen und es würde uns beiden besser gehen. Das habe ich ihr auch gesagt.

Frau Luntes Gesichtsfarbe ist daraufhin Richtung Rot gewandert. Ich hab den Moment genutzt, wieder in die Klasse zu gehen, um mal ein Machtwort zu sprechen. Damit endlich

Ruhe ist, hab ich Basti das Lineal, das er inzwischen wieder zurückhatte, aus der Hand genommen und ihm auf den Kopf gehauen. Und dann hab ich verkündet, dass alle, die nicht im Unterricht mitmachen, das Periodensystem rückwärts aufsagen müssen. Dummerweise hat das niemanden so richtig beeindruckt, außer Frau Lunte, die inzwischen wieder auf meinem Platz saß. Sie meldete sich in einer Tour und warf mit ihrem Wissen schamlos um sich, obwohl das gar nicht zu ihrer Rolle passte. Ganz eindeutig: Sie wollte sich an mir rächen. Justus und Hugo, die so ein geballtes Wissen nicht von mir gewohnt sind, haben den Mund nicht mehr zugekriegt. Selbst Olli musste aufschauen, weil er gecheckt hat, dass da irgendwas Krummes läuft.

Am liebsten hätte ich dieser Oberstreberin, die meinen Ruf innerhalb von Sekunden ruinierte, eins auf die Rübe gegeben und richtiggestellt, wer hier der wahre Tobias ist. Aber dann hätte sie vielleicht die Polizei gerufen und mich einliefern lassen: ob in die Klapsmühle oder in ein Forschungslabor ist dann auch egal, na ja, vielleicht nicht ganz. Im Labor würde ich mehr Besuch kriegen. Nicht nur von Justus, Hugo und Olli, sondern bestimmt auch von Hannah, die mal gesagt hat, dass sie Forscherin werden will.

Dann ist mir aber ein Licht aufgegangen, wie ich der Lunte eins auswischen kann: Indem ich sie mit ihren eigenen Waffen schlage. Für ihr asoziales Verhalten hab ich ihr einfach eine glatte mündliche Eins gegeben, die kann ich nämlich in Chemie super gebrauchen. Die Note habe ich sofort ins Klassenbuch eingetragen, damit sie auch für die Nachkommen nicht verloren geht. Und da es mit meinem Ruf sowieso vorbei war, habe ich die Lunte aufgefordert, den Platz mit mir zu tauschen und den Rest des Unterrichts zu schmeißen. Die Lunte hatte kurz gezögert, keine Ahnung, warum. Jeder von uns konnte doch so genau das machen, was er am liebsten macht: ich auf dem Stuhl rumfläzen und sie mit Formeln rumwerfen.

Ob sie nun wollte oder nicht, die Lunte musste mir sowieso gehorchen, das war ein super Gefühl. Kein Wunder, dass so viele Leute Lehrer werden wollen.

Dass ich mich wieder auf meinen Platz neben Hugo setzen konnte, hat mich bestimmt mehr gefreut als ihn, denn er hatte ja null Ahnung, dass ich in Wirklichkeit sein Freund Tobias war. Neben seiner Lehrerin sitzen zu müssen, steht auf der Liste der Dinge, die der Mensch nicht braucht, ganz weit oben – gleich hinter »Oma am Steuerrad« und »Katzenhaare im Wackelpudding«. Aber ich habe es ohne meine Freunde nicht mehr ausgehalten. Geteiltes Leid ist halbes Leid, sagen Oma und Opa immer, und wenn das beide sagen, muss es stimmen, denn es ist echt selten, dass sie einer Meinung sind. Sogar ihre goldene Hochzeit haben sie gemeinsam hinter sich gebracht. Opa sagt, das ist Liebe.

Bei mir ist es zwar nur Freundschaft, trotzdem hätte ich gern mein Schicksal mit Justus, Hugo und Olli geteilt. Leider hat Hugo keinen meiner Kontaktversuche verstanden, er ist immer weiter von mir weggerückt, egal, ob ich ihn angezwinkert, in die Seite gestoßen oder mit Papierkügelchen beworfen hab. Selbst als ich ihm meine genial kurze Botschaft »Treffpunkt: Schränke« auf einen Zettel gekritzelt habe, hat er nicht mal hingeguckt. Dabei wär mit den zwei Worten sofort alles klar gewesen. Wir treffen uns nämlich immer bei den Schränken, aber das weiß niemand außer uns vieren. Stattdessen hat Hugo so getan, als würde nichts und niemand ihn vom extrem spannenden Unterricht abhalten können. Natürlich hat er gedacht, Frau Lunte will ihn nur testen.

Ich hab dann meine Taktik geändert, den Zettel mit der Botschaft zu einer Kugel geformt und von rechts außen Richtung Justus geschnippt, der zwei Plätze weiter saß, denn

Justus liest einfach alles, was er in die Finger kriegt, selbst die AGBs im Internet oder die Zutatenliste auf der Packung der Schokoküsse.

Mein Plan wär auch super aufgegangen, wenn nicht Olli, der zwischen Hugo und Justus saß, gerade fürchterlich geniest hätte und mit seiner Stirn in die Flugbahn geraten wär. Die abgefälschte Kugel landete genau in Hannahs Mäppchen. Olli hat natürlich wieder mal nichts davon mitbekommen. Hannah aber hat den Zettel entrollt und gelesen. In solchen Fällen gilt die Regel: wegducken und machen, als ob man nix damit zu tun hat. Dass ich als Lehrerin über jedem Verdacht stehe, hatte ich in dem Moment total vergessen. Während ich also den Luftraum des Klassenzimmers nach unsichtbaren Flugobjekten absuchte, sah ich aus den Augenwinkeln, wie sich Hannah zu uns umdrehte. Und weil Hugo breit gegrinst hat, hat sie logischerweise ihn für den Schuldigen gehalten. Dass Hugo am meisten grinst, wenn er gerade eine mathematische Formel geknackt hat, konnte Hannah ja nicht wissen. *Shit happens.* Sie hat Hugo einen Vogel gezeigt und die Papierkugel an seinen Kopf geschnippt. Hugo hat nichts verstanden, aber vorsichtshalber die Kugel geöffnet, um die Nachricht zu lesen. Danach hat er zwar noch weniger verstanden, aber er ist rot angelaufen und wusste nicht, wo er hingucken sollte. Dass ein Mädchen Hugo treffen will, und dann noch bei den Schränken, das kommt seltener vor als eine Sechs in der Matheklausur, und die hatte er bisher nur ein einziges Mal, in einem Albtraum.

Bevor ich das Missverständnis aufklären konnte, hat es geklingelt, und Hugo war mit Justus und Olli im Gewühl auf den Fluren so schnell untergetaucht wie noch nie. Hätte ich nicht warten müssen, bis alle draußen sind, um den Raum abzuschließen, und hätte mich nicht auch noch Paula von der Seite angequatscht, hätte ich sie eingeholt.

Paula legte sich sofort ins Zeug, um ihre tausend Fragen loszuwerden, die sie in der Stunde gesammelt hatte. Ich weiß nicht, wo sie die alle herhat, aber bei der Polizei könnte sie große Karriere machen, weil sie jeden Verbrecher beim Verhör so mürbe kriegen würde, dass er am Ende darum fleht, endlich eingesperrt zu werden.

Als ich den richtigen Schlüssel gefunden hatte, hätte ich Paula am liebsten mit eingeschlossen, aber auf Frau Luntes Liste der Dinge, die ich bleiben lassen sollte, stand das schon an zweiter Stelle. Also habe ich Paula stattdessen einfach Luntes Schlüsselbund gegeben (das stand nämlich nicht auf der Liste), damit sie die anderen Fachräume überprüft und ich die Biege machen kann. Bevor Paula fragen konnte, warum, war ich schon um die Ecke verschwunden.

Natürlich wusste ich, wo ich meine Kumpels zu suchen hatte: eben bei den Schränken im Seitentrakt, wo wir uns immer treffen, wenn wir nicht auf dem Fußballplatz sind und Maulwurfshügel platt treten. Ich hab die drei schon von Weitem gesehen, aber null Plan gehabt, wie ich ihnen stecken kann, was mir passiert ist, ohne dass sie der Reihe nach aus den Latschen kippen. Ich wollte nicht schuld daran sein, dass meine Freunde so was Seltenes wie einen Herzinfarkt bekommen, nur weil sie von mir erfahren, dass ich

a) kein rosa Hase bin,
b) nicht mal die Lunte, sondern
c) der beste Freund, der sich kurzzeitig in die Summe aus a) + b) verwandelt hat.

Die Frage, ob man jemandem, der als lebendes Plüschtier rumläuft, so etwas abnimmt, ist die eine Sache. Die andere ist, ob man jemanden zum Freund haben will, der so aussieht wie die eigene Chemielehrerin. Die Frage kann ich aus dem Stand mit Nein beantworten. Wenn sich Olli plötzlich in Herrn Mattuschek verwandeln würde, würde ich mich nach einem Tor von ihm nie und nimmer jubelnd auf ihn werfen. Das mache ich zwar sonst auch nie, aber das liegt dann daran, dass Olli seine Tore bisher immer in die falsche Richtung geschossen hat und es deshalb nicht allzu viel zum Jubeln gab.

Als ich näher kam, taten alle superbeschäftigt, weil keiner Gefahr laufen wollte, von mir angequatscht zu werden: Hugo drehte sich zu einem der Schränke um, als würde er ihn aufschließen wollen, was natürlich nicht geklappt hat, weil sein Schrank ganz woanders stand. Und Justus verwickelte Olli in ein Gespräch über Datensalat, woraufhin Olli wissen wollte, wie der schmeckt.

Ich bin einfach stehen geblieben und hab ein bisschen vor mich hingepfiffen, erst, weil ich nicht wusste, was ich sonst machen sollte, und dann, weil mir die geniale Idee kam, dass es so was wie Erkennungsmelodien zwischen Freunden gibt, also Melodien, die einem zusammen gehören. Ich bin unsere gemeinsamen Charts einmal durchgegangen, von Andreas Bouranis »Auf uns« zu Sportfreunde Stiller über die Nationalhymne bis zu Ollis Handyklingelton. Da hat sogar Olli aufgeguckt. Bei »Star Wars« wusste ich nicht mehr weiter, da haben wir dann plötzlich alle durcheinander gepfiffen, weil jeder nach der richtigen Melodie gesucht hat. Als wir sie dann endlich hatten, sind die anderen aber in Schreckstarre verfallen, weil ihnen klargeworden ist, dass sie gerade mit ihrer Lehrerin rumgepfiffen haben. Freiwillig, ohne Androhung von Strafarbeiten.

Ich hab den Moment dieser schrecklichen Erkenntnis genutzt, um meine Hiobsbotschaft aus dem Sack zu holen, solange sie mir alle noch zuhören. Harry Potter hat mir dabei geholfen. Dass Barty Crouch jr. sich in Alastor Moody verwandelt hat, ist eine Tatsache. Das steht im vierten Band, und wer's nicht glaubt, kann es bei Wikipedia nachlesen. Ich hab versucht, meinen Freunden klarzumachen, dass mir so was Ähnliches passiert ist, nur dass Wikipedia es bisher noch nicht weiß und dass es mich viel schlimmer getroffen hat, denn Alastor Moody wäre mir trotz seines Glasauges tausendmal lieber gewesen als die Lunte.

Olli hat gleich gerafft, worauf es ankommt, er hat gemeint, es hätte *noch* schlimmer kommen können, nämlich wenn ich mich in die Schrulle verwandelt hätte. Da hatte er so was von recht. Wäre ja viel wahrscheinlicher gewesen, weil ich die Haarprobe von ihr verbrannt hab. In dem Moment ist bei mir eine Lampe angegangen: Das Haar hat gar nicht der Schrulle gehört, sondern der Lunte. Sie muss es abgeworfen haben, als sie der Schrulle den Schlüssel gab.

Justus und Hugo waren inzwischen neugierig geworden und wollten wissen, was passiert ist. Als ich mit dem Erzählen fertig war, und sie von dem verunglückten Experiment erfahren hatten und der Nacht bei Lunte zu Hause, haben sie kapiert, warum der Tobias, den sie am Morgen in Chemie erlebt hatten, so fremd war. Und auch, warum ich ihnen viel weniger fremd vorkam, obwohl ich wie die leibhaftige Lunte aussehe.

Trotzdem wollte Hugo noch einen Beweis, dass es stimmt, was ich sage. Denn statistisch gesehen ist die Wahrscheinlichkeit, sich in einen Stein oder seine Lehrerin zu verwandeln, sehr gering und wird erst nach dem Tod um einiges größer, zumindest, wenn man die richtige Religion gewählt hat. Im *Leben* ist die Wahrscheinlichkeit größer, dass sich Frau Lunte eine linke Nummer ausgedacht hat, um herauszufinden, wer den Schwefelrest in der vorletzten Chemiestunde geklaut und zur Stinkbombe weiterverarbeitet hat.

Da musste ich Hugo recht geben, nur: Mit Beweisen ist es so eine Sache. Wenn meine Mutter Krümel im Flur findet, verdächtigt sie immer als Erstes mich, obwohl ich keinen blassen Schimmer hab, wie die da hingekommen sind. Dass meine Jackentaschen auch voller Krümel sind, ist doch viel eher ein Beweis dafür, dass jemand heimlich welche in meine Jacke gesteckt hat, oder nicht? Eben! Trotzdem würde Mama nie darauf kommen, dass Till dahintersteckt. So viel zum Thema Beweise.

Habe aber nicht lange grübeln müssen, um für Hugo welche auszugraben. Es gibt so viele Dinge, die ich über Justus, Hugo und Olli weiß, die niemand außer mir wissen kann – höchstens noch Gott, wenn es ihn gibt. Papa behauptet zwar, Facebook weiß viel mehr über uns als Gott, aber wenn das stimmt, dann kann das nur am Datenschutz liegen. Wenn Gott wollte, könnte er doch alle Clouds der Welt knacken, oder? Näher am Himmel kann man doch gar nicht sein.

Mir sind sofort drei hieb- und stichfeste Beweise eingefallen: Zum Aufwärmen hab ich Justus den Schlüssel aus der Hand genommen und seinen *richtigen* Schrank aufgeschlossen, der zwei Meter entfernt stand und eine fette Beule hatte, weil Olli dagegen gelaufen ist. Das war schon ziemlich überzeugend für den Anfang.

Dann war da die Sache mit Justus, der letzten Sommer eine Horrorgeschichte über eine Welt ohne Insekten gelesen hatte.

Danach hat er alle Krabbeltierchen von der Straße gesammelt und bei sich zu Hause gemästet, bis seine Eltern den Kammerjäger holen mussten. Dass Justus vorher von jeder Gattung ein Pärchen gerettet und auf dem Dachboden versteckt hat, dürfen seine Eltern bis heute nicht erfahren. Inzwischen hat der Kammerjäger einen Zweitschlüssel zu ihrem Haus und kennt alle mit Vornamen (nicht die Insekten, sondern die Familie).

Und dann ist da noch die Narbe an Hugos Stirn, ein Andenken vom ersten April, als er Olli reinlegen wollte und sein Handy in den Fischteich seiner Oma geworfen hat. In Wirklichkeit war das natürlich nur 'ne Attrappe gewesen. Die Narbe stammt übrigens nicht von Ollis anschließendem Boxhieb (der ging ins Leere), sondern von der Harke, in die Hugo getreten ist, als er vor Olli weglaufen wollte.

Die Erinnerung an die alten Geschichten war so witzig, dass wir uns gekugelt haben vor Lachen. Für einen Moment war die Lunte genauso weit weg wie der Puschel und ich war einfach nur bei meinen Freunden. Das war noch schöner als Pizza mit Ketchup!

Hugo war zu dem Zeitpunkt schon kurz vor knapp davor, mir offiziell zu glauben. Inoffiziell sowieso. Er hat nur so ge-

tan, als ob er noch Zweifel hätte, denn wenn nicht, dann hätte er auch nichts mehr zu lachen bekommen. Und weil man gute Freunde nicht hängen lässt, habe ich noch einen draufgelegt. Und zwar meinen Spezialsalto, bei dem ich beide Arme wie zwei Propeller kreisen lasse. Leider haben sich die Hasenohren drin verheddert. Die hatte ich vor lauter Glück, wieder mit meinen Freunden ratschen zu können, völlig vergessen. Auch wenn ich es beinahe vermasselt hätte, war nach dem Salto ein für allemal klar, dass ich nicht die Lunte sondern Tobias bin, und das war an diesem Morgen bisher die beste Nachricht.

Auf Justus' Stirn war noch ein Fragezeichen aufgeploppt. Er wollte wissen, wann sie mich wieder normal zurückbekämen, mit allem Drum und Dran, denn auf dem Fußballplatz könnte man sich so nicht mit mir blicken lassen. Da hatte er so was von recht. Wenn ich Trainer wär, würd ich mich nicht mal auf die Auswechselbank setzen. Auch ohne Hasenkostüm sah ich nicht dribbelstärker aus, höchstens luntiger. Und mein Trikot würde ich der Lunte sowieso nicht leihen!

Wir waren so mit uns beschäftigt, dass wir Hannah nicht bemerkten, die uns die ganze Zeit beobachtet hat. Da hätte ich auch vorher draufkommen können, denn durch mich kannte sie ja unseren Treffpunkt. Als sie plötzlich mit verschränkten Armen vor uns stand und wissen wollte, was zwischen uns läuft, wusste ich, dass wir ein dickes Problem hatten. Mit einer Lügengeschichte braucht man es bei Hannah gar nicht erst zu versuchen. Wer die reinlegen will, muss vor Sonnenaufgang aufstehen. Und Hannah war so gespannt vor Neugier, dass ich Angst hatte, sie platzt gleich vor unseren Augen.

Keiner von uns wusste, was er sagen sollte. Wir standen wie Volltrottel vor Hannah rum und bohrten Löcher in die Luft, weil uns keine einzige glaubwürdige Antwort einfiel, obwohl wir das zu Hause tagein tagaus übten. Jeder andere hätte sich vor Langweile schlafen gelegt, aber Hannah ließ sich nicht abwimmeln, sie wartete seelenruhig und klopfte dabei mit dem Fuß einen Viervierteltakt in den Boden. Wahrscheinlich würden wir alle noch 2060 so dastehen, und ich würde unserem Direx erklären müssen, woher der tiefe Krater unter Hannahs Fuß stammt, deswegen hab ich nach kurzer Beratung mit meinen Freunden die weiße Fahne gehisst und mich geoutet: dass ich Tobias bin und seit dem letzten Chemie-Experiment mit Luntes Körper herumlaufen muss, wahlweise auch mal als Hase. Ich war mir sicher, das glaubt sie mir sowieso nicht, das *kann* sie einfach nicht glauben, höchstens lacht sie mich aus, und das könnte ich aushalten, weil sie dann die Lunte und nicht mich auslachen würde. Aber Hannah hat nicht gelacht, sondern genickt, als wär es das Normalste der Welt, was mir passiert ist, so wie Gras grün ist und Mattuschek blöd. Für Hannah war ich der lebende Beweis, dass es Dinge im Kosmos gibt, die man nicht erklären kann. Das wusste ich zwar auch, weil Till mein Bruder ist, und zu dem fällt mir fast nie eine Erklärung ein, aber Hannah hat Till nicht zum Bruder und wusste es trotzdem.

Wow, hab ich gedacht, und das fühlte sich so an, als würde ein warmer Wüstenwind durch meinen Körper wehen (na ja, den der Lunte, seufz). Endlich mal ein Mädchen, mit dem man über Murphys Gesetz oder die Chaos-Theorie quatschen kann. Und kaum hatte ich zu Ende gedacht, hat Hannah noch was anderes Bemerkenswertes gesagt, und das hat sich in mein Gehirn eingemeißelt, auch weil sie mich wieder so komisch angeguckt hat wie in der Chemiestunde, dass mir erneut ganz mulmig wurde: wie sehr sie mich beneidet, weil mir so etwas Tolles passiert ist. Dass ich in eine fremde Haut schlüpfen und sie ausforschen und später einmal ein wichtiges Buch darüber schreiben kann. Dabei haben Hannahs Augen geleuchtet wie die Stirnlampe eines Höhlenforschers.

Auf so einen Gedanken muss man erst einmal kommen! Ich würde zwar lieber Käpt'n Kirk erforschen als Frau Lunte, aber in dieser Sekunde hab ich mich wie der neue Chef von GALILEO gefühlt.

Einerseits. Andererseits hat in meinem Gehirn die Angst vor sich hingeblubbert, Hannah könnte die Neuigkeit ihren Freundinnen erzählen, noch bevor ich Karriere gemacht hätte, und die würden es ihren anderen Freundinnen erzählen und so weiter und so fort. Dann würde ich nicht Chef von GALILEO werden, sondern Twitter-König. Aber Hannah hat mal wieder mein Gehirn aufgeklappt und reingeguckt. Bevor sie wegging, sagte sie nämlich, dass sie Geheimnisse so was von liebt, und sie versprach hoch und heilig, dass sie niemandem etwas verrät. Und dabei konnte man alle ihre Finger sehen, ohne Kreuz, versteht sich. Das können Justus und Hugo bezeugen!

Sechs

Ich hätte gern noch länger zusammen mit meinen Freunden abgehangen, aber die mussten los, und zwar zum Schwimmunterricht, um für das große Schwimmfest zu üben, das in zwei Tagen stattfinden sollte. Da wär ich mindestens genauso gern hingegangen, aber das konnte ich mir natürlich knicken.

Sogar Olli hat gemerkt, dass ich Frust geschoben hab, und tröstete mich damit, dass ich auch ohne zu üben besser wär als er. Klar, da hatte er recht. Aber wer verzichtet schon freiwillig auf die schönste Schulstunde in der Woche?

Während meine Freunde ihre Schwimmsachen holten, ist mir Paula eingefallen. Das war zwar kein schöner Gedanke, aber Paula hatte nun mal Luntes Schlüsselbund, und den brauchte ich zurück, bevor sie mit den anderen zum Schwimmbad fuhr. Mit gefühlten 100 Sachen bin ich zu den Fachräumen zurückgerannt, und auf dem Weg dorthin hat mich bestimmt die Hälfte aller Schüler auf ihrem Handychip gespeichert. Ich hab gehofft, so schnell zu sein, dass ich nur als rosa Lichtblitz zu sehen bin. Einer aus der 9a, den wir Malfoy nennen, weil er als Bruder von Draco durchgehen würde, hat so getan, als würde er mir ein Bein stellen, hat es dann aber im letzten Moment wieder zurückgezogen und mir nur Hasenzähne gezeigt. Nicht lustig, aber besser als Körperkontakt mit ihm.

Als ich bei den Chemieräumen ankam, stand Paula tatsächlich noch da wie abgestellt und schielte nervös auf ihre Armbanduhr. Kaum hatte sie mich gesehen, bombardierte sie mich schon wieder mit Fragen: Wo ich so lange war? Ob was passiert ist? Ob ich ihr 'ne Entschuldigung schreibe, wenn sie den Bus verpasst?

Hab ich richtig gehört? AUF KEINEN FALL! Am Ende hätte ich sie noch die ganze Schwimmstunde über an der Backe gehabt. Ich hab Paula die Schlüssel aus der Hand gerissen und ihr gesteckt, dass sie gefälligst ihre Beine unter den Arm nehmen soll. Um auf Nummer sicher zu gehen, hab ich sie wie ein Coach begleitet und dabei den Takt angegeben, und zwar in einem Tempo, dass ihr die Puste zum Fragen ausging. Den Busfahrer, der gerade losfahren wollte, hab ich nur noch zum Halten gekriegt, indem ich mich wie Manuel Neuer vor seine Räder warf und so lange liegen blieb, bis er Paula reingelassen hat. Danach haben wir alle ein paar Kreuze gemacht: der Busfahrer, weil er keinen Hasen überfahren musste, ich, weil ich

Paula los war, und Paula, weil sie im Bus eine tolle Auswahl an Gesprächspartnern hatte – und keiner konnte vor ihr fliehen.

Nach dem ganzen Gerenne hatte ich eigentlich eine Pause verdient, fand ich, aber die Lunte machte mir wieder einen Strich durch die Rechnung. Zu meinem Schrecken hab ich sie auf dem Schulbolzplatz entdeckt, wo sie ihrer Hauptberufung nachging: mich zu blamieren, wo es nur ging. Sie stand im Tor. Wie es aussah, zum ersten Mal in ihrem Leben, denn sie winkte einen Ball nach dem anderen durch – in meinem Namen! – und jeder Ball, der ins Netz ging, bekam einen hübschen Kommentar hinterhergeschickt: »Oh!« oder »Den habe ich nicht gesehen« oder »Den nächsten halte ich aber«. Grauenvoll! Zum Schreien!! So was haftet für alle Zeiten an einem, wie ein Brandzeichen. Nur weil alle mich als Sportcrack kannten, war die Lunte überhaupt noch am Leben, aber man sah es den Mitspielern an, dass sie am liebsten kurzen Prozess mit ihrem Torwart gemacht hätten, kein Wunder bei 49 Toren Rückstand. Da würde sogar Manu auf die Streckbank kommen (dabei ist der schon fast so groß wie das Tor).

Ich hab die Lunte sofort vom Platz gepfiffen und damit in ihrem Namen ihre erste und wahrscheinlich auch letzte Großtat als Lehrerin an dieser Schule verübt. Denn das Klatschen der Mitspieler, das sie begleitet hat, als sie vom Feld ging, galt natürlich nicht ihr, sondern mir, auch wenn das die Lunte mal wieder nicht gecheckt hat. Von den wesentlichen Dingen hat sie keine Ahnung.

Ich war so wütend, dass ich zur Paula wurde und der Lunte die übelsten Fragen an den Kopf geworfen hab, zett bee warum sie überhaupt noch in der Schule ist statt im Schwimmbad, wo sie als momentanes Mitglied der 7c doch hingehört? Wegen *ihr* konnte *ich* nicht zum Schwimmen!

Ich bekomme jetzt noch das große Zittern, wenn ich an ihre Antwort denke: dass sie das Gegenteil von einer Wasserratte sei, eher so was wie ein Zementblock mit Füßen, und dass sie sich da lieber vom Unterricht freigestellt, also einen auf krank gemacht hat.

Fast hätte ich Frau Lunte vor Dankbarkeit umarmt und auf die Stirn geküsst, denn wenn es irgendetwas gibt, was noch grauenhafter ist, als von ihr auf dem Fußballfeld blamiert zu werden, dann die Vorstellung, dass es im Schwimmbad passiert. Da kann man nur noch nach Grönland oder Alaska auswandern und hoffen, dass die Eskimos die Pleite nicht interessiert.

Statt Frau Lunte zu küssen, bin ich ehrlich zu ihr gewesen und hab gebeichtet, dass ich Justus, Hugo und Olli eingeweiht habe. Und mehr aus Versehen auch ein bisschen Hannah, aber dass das alles supervertrauenswürdige Leute sind, auch wenn Olli manchmal ein bisschen verpeilt ist und …

Die Lunte hat mich nicht mal ausreden lassen, sondern ist gleich zickig geworden. Sie wollte wissen, ob ich ihr *noch* was zu beichten hätte. Ob ich zett bee ihre Wohnung verwüstet hätte. Ich war echt empört, dass sie mir so etwas zutraut. Deswegen hab ich ihr auch nichts von den Ketchupflecken auf dem Sofa gesagt und dem Durcheinander im Bad. Sie hätte *mir* doch dafür die Schuld gegeben, obwohl ich nun wirklich nichts dafür kann, wenn sie sich so unpraktisch einrichtet.

Der Gerechtigkeit halber hab ich den Spieß umgedreht und gefragt, wie es denn meiner Comicsammlung geht. Und stellt euch vor, Frau Lunte hat nicht einmal gemerkt, dass ich eine besitze, weil sie den ganzen Abend mit meiner Mutter in der Küche gesessen und über Gott und die Welt geplaudert hat. Den ganzen Abend! Selbst über das Champions-League-Finale kann man nicht so lange reden, erst recht nicht mit meiner Mutter.

Abgesehen davon, dass Mama denken musste, dass ich krank bin, weil das total unnormal bei mir ist: Geht so was überhaupt? Dass man sich *nicht* für meine 487 Bände umfassende Sammlung interessieren kann? Da läuft's mir kalt den Rücken herunter, denn wer kein Gefühl für Comics aufbringen kann, dem ist auch alles andere schnuppe.

Vorsichtshalber hab ich Frau Lunte verboten, mit meinem Minecraft-Server online zu gehen. Wer weiß, was sie dort alles angestellt hätte – am Ende noch mit meinen Kumpels über Gott und die Welt gechattet?

Ein Grund mehr, so schnell wie möglich wieder zu meiner alten Form und in mein eigenes Zimmer zurückzukehren. Ich hab die Lunte beharkt, damit sie mir sagt, wann endlich Schluss ist mit unserem Körpertausch. Stellt euch vor: Sie wusste keine Antwort darauf. Dabei war es doch die einfachste Frage für sie, wo sie doch Chemikerin ist. Im Unterricht kennt sie doch auch alle Formeln zwischen Himmel und Hölle (und wahrscheinlich auch zwischen Gott und der Welt). Ist denn auf niemanden mehr Verlass?

Frau Lunte hat sich gleich damit verteidigt, dass sie nicht untätig gewesen, sondern in die Geschichte eingetaucht ist, um nach Fällen wie unseren zu suchen. Nicht durch eine Zeitreise, sondern indem sie sich durch die halbe Uni-Bibliothek gegraben hat. Zuerst dachte ich, die spinnt. Hat die Frau im Moment nichts Wichtigeres zu tun, als auf archäologische Expedition zu gehen? Frau Lunte erklärte dann aber noch mal genauer, wie sie das meinte: dass sie die Forschungsliteratur gewälzt hat, und zwar auch die ganz alten Schriften aus dem Mittelalter, die der Alchemie. Leider ohne Ergebnis.

Das hätte ich ihr auch gleich sagen können. Erstens gibt es keine ähnlichen Fälle, denn so was wie die Lunte gibt's höchstens einmal. Und zweitens würd ich nie beim Mittelalter Rat holen, denn damals hätten sie Leute wie uns einfach verbrannt und schon wär das Problem aus der Welt geschafft.

Das habe ich der Lunte lieber nicht gesteckt, weil sie sonst bestimmt gleich wieder zickig geworden wär. Stattdessen habe ich ihr den Tipp gegeben, den Versuch einfach noch einmal zu wiederholen. Das geht sowieso viel schneller als

Lesen. Frau Lunte war komplett dagegen, weil ihr das zu gefährlich war. Sie wollte null Risiko eingehen. Sie hatte ja auch keine Probleme mit dem Rollentausch, sie fand meine Mitschüler in Ordnung und meine Familie sogar sehr nett.

Wahrscheinlich hatte sie meinen Bruder noch nicht kennengelernt, sonst hätte sie das nicht gesagt. Aber mal ehrlich: Im Vergleich zu ihr hatte ich mit der Schrulle, Mattuschek und wie sie alle heißen, mit denen ich auf einmal zu tun hatte, auch die Arschkarte gezogen. Da kann Herr Brand so nett sein wie er will. Bevor ich das der Lunte auseinanderklamüsern konnte, hatte sie anscheinend eine Eingebung gehabt, oder vielleicht war es auch Mitleid. Denn sie holte ihr Portemonnaie raus und drückte mir einen Hundert-Euro-Schein in die Hand – für alle Fälle, und damit ich mir etwas zum Essen kaufen konnte, was mir schmeckt. Das hätte ich ihr nicht zugetraut.

So viel Geld auf einmal hatte mir zuletzt meine Oma zugesteckt, unter der Auflage, dass ich zum Konfirmationsunterricht gehe. Opa hat gesagt, das sei Bestechung, und hat sich so aufgeregt, dass er eine Extratablette einwerfen musste.

Aber Oma meinte, es sei für eine gute Sache. Und dann nennt man es Spende.

Ich hab übrigens beide Spenden angenommen, die von der Lunte genauso wie die von Oma, denn ich hab herausgefunden, dass unser Pastor Fan von Bayern München ist und der Konfirmationsunterricht bei ihm richtig lehrreich. Jetzt kenn ich die Maskottchen von allen Bundesligavereinen.

Die Lunte hat mir aber noch etwas anderes zugesteckt: einen Stapel Papier mit ihrem Stundenplan, dem Unterrichtsstoff für ihre Klassen und jeder Menge Tipps zur Schüler-Selbstarbeit. Das hat mich nicht ganz so sehr gefreut wie die Spende, aber es war ein netter Zug von ihr. Ich hab alles in meinem Kostüm verstaut, weil ich meinen Rucksack nicht dabeihatte. Den hatte ja Frau Lunte.

Ausgerechnet in diesem Moment ist wie aus dem Nichts Frau Schrulle neben mir aufgetaucht. Wahrscheinlich hat sie einen unterirdischen Gang von ihrer Gruft zum Schulhof gegraben, anders kann ich mir das nicht erklären.

Die Schrulle hatte diesen misstrauischen Blick drauf, den keiner so gut kann wie sie, und wollte wissen, ob sie helfen könne. Während ich noch überlegte, wobei denn eigentlich, hat Frau Lunte schon den Subtext entdeckt, den die Schrulle unter ihre Frage gestreut hat, diesen Geheimcode für Erwachsene. Die meisten von ihnen lieben es nämlich, etwas anderes zu sagen, als sie meinen, aber weil das alle tun, verstehen sie sich trotzdem. Bis auf Oma und Opa, aber das ist eine andere Geschichte. Frau Schrulles Hilfsangebot stand jedenfalls für eine ganz andere Frage Modell: Wechselt hier gerade Schmiergeld seinen Besitzer, weil Schüler Tobias aus der 7c bessere Noten bekommen will?

Womit wir wieder beim Verdacht der Bestechung waren. Da meine Chemienoten ausbaufähig sind, wie Papa sagt, wäre eine Steigerung bei mir zwar theoretisch drin gewesen. Aber diesmal war das Geld so was von glasklar eine Spende. Sollte ich in Luntes Wohnung etwa verhungern?

Ich hätte das der Schrulle alles liebend gern aufgedröselt, aber die Lunte war mit ihrer Antwort schneller. Sie sagte, dass sie das Geld für die Klassenfahrt noch nicht bezahlt hatte. Das war eine gemeine Lüge, weil Mama das Geld für mich längst überwiesen hatte, aber die Antwort gehörte anscheinend zu den magischen Sätzen, mit denen man Frau Schrulle zum Schweigen bringt. Solche Sätze muss man sich unbedingt merken. Ich hab mir aber noch was anderes gemerkt: dass auch Lehrer lügen können, selbst die Lunte. Und zwar ohne rot zu werden. Das konnte ja nicht nur damit zu tun haben, dass sie plötzlich Tobias Rolle hieß.

Die olle Schrulle hat es zwar sofort geschluckt, wollte aber wissen, ob die Lunte den Schwimmunterricht schwänzt. Damit hat sie mich persönlich beleidigt, denn für die Schrulle war die Lunte ja Tobias, und als Tobias habe ich noch nie beim Schwimmen geschwänzt, höchstens mal bei Schrulles Geschichtsunterricht! Nachdem die Lunte ihre Entschuldigung gezeigt hat, hat die Schrulle sie nach Hause geschickt. Mir fiel leider kein Gegenargument ein, um das zu verhindern, außer dass die Lunte die ganze Familie Rolle anstecken könnte, worüber die Schrulle sich sehr gewundert hat, denn dass eine Chlorallergie ansteckend sein kann, wusste sie nicht. Dafür wusste ich, dass ich auf keinen Fall mit der Schrulle allein bleiben wollte, weil sie mich dann wieder zu Herrn Mattuschek ins Lehrerzimmer abgeschleppt hätte. Und noch mal »*When I'm 64*« steppen war an dem Tag echt nicht drin.

Aber Frau Schrulle wollte nicht ins Lehrerzimmer, sondern nur ein paar Takte allein mit mir reden, und nahm mich zur Seite, warum auch immer, denn der Schulhof war leerer als die sibirische Steppe. Sie hatte sich Sorgen um mich gemacht, weil ich mich so seltsam benehme! Zumindest hat sie das behauptet. Sie hat mich doch glatt gefragt, warum. Ob ich überarbeitet bin.

Dass ich mich seltsam benehme, wenn ich einen seltsamen Menschen wie Frau Lunte spielen soll, finde ich nicht außergewöhnlich. Eher schon, dass ich das hinkriege, ohne zu fluchen. Das mit der Überarbeitung konnte aber hinkommen, denn bis vor Kurzem war ich ja noch Tobias, und als Schüler hat man unter der Schrulle ganz schön zu leiden. Wenn sie ihre Klassenarbeiten mal abspecken würde, bräuchte man nicht immer die ganze Stunde lang zuzuhören und könnte sich stattdessen zwischendurch ein bisschen aufs Ohr legen.

Gesagt habe ich ihr das nicht, obwohl ich das bereue, denn von Lehrerin zu Lehrerin hat so eine Idee eine viel größere Wirkung, als wenn ich ihr das als Schüler stecke und deswegen gleich von ihr geköpft werde. Früher ist dem Boten einer schlechten Nachricht so was nämlich regelmäßig passiert, das hat uns die Schrulle selbst erzählt.

Anders als Paula wartet die Schrulle nach ihrer Frage *immer* auf eine Antwort, egal wie lange es dauert. Könnte sein, dass sie deshalb so alt ist, denn im Antworten ist unsere Klasse nicht die schnellste, beschwert sie sich immer. Ich wollte nicht, dass sie direkt vor meinen Augen noch ein paar Jahre zulegt, also bin ich ihr entgegengekommen.

Als ich ihr verraten habe, dass mein Leben gerade ein bisschen kompliziert ist und dass ich deswegen auch als Hase rumlaufen muss, hat die Schrulle richtig dicke Sorgenfalten bekommen, die man nur noch mit Bügeln wegkriegt. Dann hat sie in ihre Tasche gegriffen. Ich dachte, jetzt holt sie ein Taschentuch raus und weint, aber es war nur eine kleine Visitenkarte, die sie mir gegeben hat, auf der ein echt witziger Name stand: Dr. Psycho.

Frau Schrulle hat mir die Karte aber nicht nur so zum Spaß gegeben, sondern falls ich mit jemand anderem als mit ihr reden möchte, mit jemandem, der etwas von seiner Arbeit versteht. Ja, hab ich gedacht, das wär mir auch lieber, selbst wenn ich nicht weiß, worüber. Wenn ich wissen will, ob die Lunte ein Rad ab hat, brauch ich nur Mama zu fragen. Und ob der Mann Ahnung von Fußball hat, konnte Frau Schrulle nicht sagen.

Ich habe Dr. Psycho einfach in meinem Kostüm neben dem Geld verstaut, da war die alte Schrulle dann zufrieden. Das heißt, fast: Bevor sie nach Hause gegangen ist, hat sie sich noch zu mir rübergebeugt und mir etwas ins Ohr gezischelt, damit auch niemand anderes zuhört. Die sibirische Steppe ist durch und durch verwanzt, müsst ihr wissen. Sie gab mir den Tipp, nächstens lieber ohne Kostüm in die Schule zu kommen, erstens wegen der Kollegen, die schon über mich tuschelten, und zweitens, damit ich keine Probleme mit meiner Autorität bekomme.

Wenn es Opa nicht gäbe, hätte ich nichts verstanden. Von ihm weiß ich, was Autorität bedeutet, nämlich, wenn alle vor einem stramm stehen, ohne dass man extra die Keule schwingen muss. Ob Opa welche hat, hängt davon ab, ob Oma mit dabei ist. Hat er mir verraten. Bei der Lunte ist es egal, wer dabei ist oder ob sie ein Tierfell trägt, sie hat *immer* Probleme mit ihrer Autorität. Bei ihr stehen nicht mal die Fünftklässler stramm. Das kann ich ja nicht mal eben in fünf Minuten ändern. Und das mit dem Tuscheln der Kollegen stört mich nicht. Ich find's toll, wenn andere wegen mir ins Quatschen kommen, ob ein blauer Brief der Grund ist oder ein rosa Kostüm, ist mir völlig wumpe.

Aber eins muss ich der Schrulle lassen: Fast wäre ich auf sie reingefallen und hätte geglaubt, ihr Tipp soll eine faire Nummer sein. Dabei hat sie sich das alles bestimmt nur ausgedacht, weil sie spitz aufs Kostüm war, um es auszustopfen und in ihrer Gruft an die Wand zu nageln. Jedenfalls war ich heilfroh, als die Schrulle endlich einen Abgang machte.

Auf dem Weg zu Luntes Wohnung hab ich sofort Justus, Hugo und Olli eine Nachricht geschrieben, ob wir uns nicht irgendwo treffen können. Olli hat nämlich ein wasserdichtes Handy, das er früher beim Schwimmen vorne in die Badehose gesteckt hat. Bis er einmal vor Schreck vom Startblock ins Wasser gefallen ist, als es vibriert hat. Seitdem versteckt er das Handy unter seiner Badekappe. Oben ist er nicht so empfindlich wie unten.

Olli hat aus der Dusche gleich sein Okay zurückgefunkt, und dass wir uns am besten bei unserer Lieblingspommesbude treffen. Weil meine Freunde nach dem Schwimmen riesigen Hunger hatten und der Budenbesitzer zu wenig Wechselgeld, habe ich uns allen gleich zwei Runden spendiert. Die anderen sind fast umgekippt, als ich meinen Hundert-Euro-Schein ausgepackt habe. Am liebsten wär ich gleich mit der schlechten Nachricht herausgerückt – dass Frau Lunte noch kein

Gegenmittel gefunden hatte. Aber da ich meine Pommes genießen wollte, hab ich bis nach der zweiten Portion gewartet.

Mit der Neuigkeit hatten meine Freunde nicht gerechnet, sie waren genauso platt wie ich nach meinem Chat mit der Lunte. Olli hatte die Idee, die Sache selbst in die Hand zu nehmen und ein eigenes Forschungslabor aufzubauen, um alles ein bisschen zu beschleunigen. Aber Hugo war der Meinung, dass wir mit meinen inzwischen nur noch achtzig Euro und den acht Euro siebzig von ihm und den anderen nicht weit kommen, selbst wenn wir unsere Ersparnisse drauflegen. Justus fiel dann der Chef seines Vaters ein, der mit *Krautpfannding* oder so richtig reich geworden war. Er hatte im Internet die Werbetrommel gerührt und dann haben ihm alle das Geld hinterhergeworfen.

Wenn der Chef von Justus' Vater so etwas kann, können wir das auch, haben wir gedacht. Mit mir als Werbetrommel, Justus als Fachmann fürs Kleingedruckte, Hugo als Kassenwart und Olli als Telefonzentrale – was soll da schiefgehen. Olli hat im Internet gesucht, wo wir das Krautpfannding herkriegen. Komischerweise hat er es aber nicht gefunden, nicht mal auf den verbotenen Seiten, nur so Sachen wie Krautwickel und Pfannenwender. Keiner von uns konnte sich vorstellen, mit so etwas reich werden zu können. Damit war der Plan wieder vom Tisch.

Weil wir nicht wussten, was wir jetzt tun sollen, haben wir eine kleine Schweigeminute für mich eingeschoben, die wir sogar fast durchgehalten hätten, wenn nicht Olli mittendrin einen Hustenanfall bekommen hätte. Und da der Zahnstocher verschwunden war, mit dem er seine Pommes aufgespießt hatte, haben wir ihn vorsichtshalber auf den Kopf gestellt und wie wild auf ihm rumgeklopft, damit er uns nicht am Ende hopsgeht.

Den Zahnstocher hat Olli nicht ausgespuckt, dafür aber einen Gedanken, der ihm hochkam: Statt einen auf Trauermarsch zu machen, sollten wir feiern. Weil alles eine Sache der Perspektive ist. So wie Trautwein, unser Englischlehrer, uns immer vorhält: *Think positive! Think big!,* wenn wir wieder wegen der vielen Vokabeln meckern.

Zuerst haben wir befürchtet, dass der Zahnstocher durch unsere Schüttelaktion in Ollis Gehirn gerutscht war, denn so redet Olli sonst nie. Wir wollten ihn mit einem Taxi ins Krankenhaus bringen, damit die Ärzte ihn retten können, bevor er abnibbelt, aber dann haben wir den Zahnstocher im Profil seiner Schuhsohle gefunden.

Nachdem wir wussten, dass Olli gesund ist und sein Gehirn kein Schweizer Käse, haben wir noch mal nachgedacht, über das, was er uns gesagt hat. Und dann hat es bei uns geklingelt: Die Lunte war ja mehr als einfach nur Frau Lunte, sie war ERWACHSEN! Und wenn man mal davon absieht, dass man dann nicht mehr so lang lebt, bringt das Erwachsensein bombastische Vorteile: Man schwimmt in Geld, kann delegieren ohne Ende und den ganzen Tag vor sich hin pupsen, ohne von den Eltern die gelbe Karte zu kriegen oder vom Bruder eins auf die Löffel. Uns fielen hundert Sachen ein, die wir immer schon mal machen wollten. Von A wie Autofahren bis Z wie Zahnputzboykott. Als Frau Lunte standen mir und meinen Freunden alle Türen der Welt offen. Ihr glaubt gar nicht, was so ein popeliger Gedanke bewirken kann. Er kann die Welt ändern! Unsere Stimmung ging jedenfalls wie eine Rakete ab nach oben.

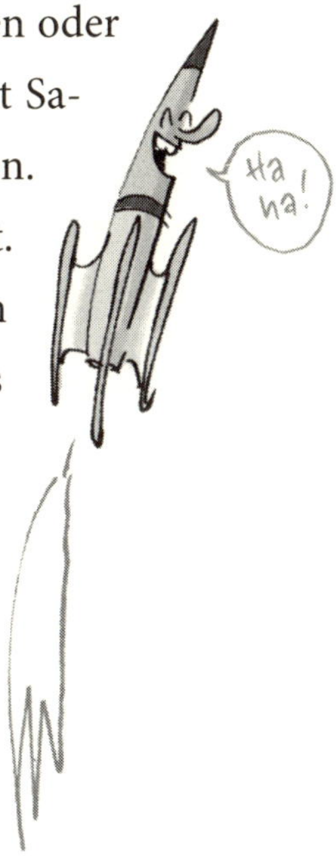

Sieben

MOMENT! Nur, weil sich mal kurz die Sonne zeigt, ist noch lange nicht der Sommer zurück. Ich erzähl nur der Reihe nach, damit ihr hinterher keine dummen Fragen stellt, zett bee, warum ich nicht einfach die Zeit angehalten hab – wo mein Glücksrad doch gerade in Schwung gekommen ist.

So läuft's nicht. Glücksräder drehen sich, wie sie wollen. Deshalb heißen sie ja Glücksräder. Normalerweise kommt man einfach nur *unter* die Räder. Und Glück hat man, wenn jemand einen wieder darunter hervorholt, bevor man zu einer Scheibe gewalzt wird. So sieht's aus. Also: Gönnt mir das kleine bisschen Spaß, das ich zwischendurch hatte, und steckt euren Neid in die Biotonne. Ich mach's auch so kurz ich kann, versprochen!

Acht

Unser Treffen bei der Pommesbude hat sich voll gelohnt. Wir nahmen uns vor, Olli nächstens häufiger auf den Kopf zu stellen, denn wenn er normal rumsteht, bleiben die meisten tollen Ideen in ihm stecken. Aus Angst, irgendetwas zu vergessen, haben wir alle Ideen auf einer Serviette verewigt. Justus musste schreiben, weil seine Klaue die einzige ist, die wir halbwegs entziffern können. Leider hat Olli die Serviette am Ende mit den Papptellern zusammen in den Mülleimer geworfen und nicht mehr wiedergefunden. Trotzdem hat es mit dem Erinnern viel besser geklappt als bei den Englischvokabeln.

Weil wir uns nicht einigen konnten, womit wir anfangen, haben wir Ching-chang-chong gespielt. Hugo hat natürlich gewonnen. Er versteht viel mehr von Wahrscheinlichkeitsrechnung als wir und hat schon geahnt, dass Justus zweimal auf Papier setzt. Hugo hat sich für den Jahrmarkt entschieden, obwohl man dafür eigentlich keine richtigen Erwachsenen braucht, nur einen Geldgeber. Aber Hugo wusste, dass Familientag war, und da kann man entweder doppelt so viel fahren wie sonst oder die Hälfte sparen.

Wir sind lieber doppelt so viel gefahren. Nach einer halben Stunde wussten wir schon nicht mehr, wo oben oder unten ist. Und nach zwei Stunden nicht mal mehr, wo links und rechts ist. Weil zu viel frische Luft auf einmal nicht guttut, sind wir danach vom Platz getorkelt, um in der Spielhölle weiterzumachen.

Am Ausgang hat uns ein Polizist angehalten, der mich genauso angeguckt hat wie Papa, wenn er merkt, dass ich seine Platten umsortiert hab. Nach Farben ist es viel schöner, als nach Musikstilen, die sowieso niemand kennt. Der Polizist ist aber nicht wegen Papas Plattensammlung gekommen. Er hat mir einen Vortrag gehalten, den die Schrulle geschrieben haben könnte, über Vorbildfunktion gegenüber Minderjährigen und so. Bevor ich ihn fragen konnte, warum, hatte er mir eine elektrische Pfeife in den Mund gestopft, die mit einem Kabel an einem Gerät steckte. Wir mussten alle der Reihe nach reinpusten, und da war natürlich klar, was er wollte: Einen neuen Flötisten für die Polizeikapelle. Genommen hat er aber keinen von uns. Es hat ja auch keiner einen Ton aus dem Ding herausbekommen. Danach hat der Polizist uns weitergehen lassen, damit er andere Jahrmarktbesucher ausprobieren kann.

Weil Hugos Magen vom Karussell komplett leer geschleudert war, haben wir einen Zwischenstopp beim Metzger eingelegt und uns mit Würstchen vollgestopft. Für den Nachtisch sind wir noch bei der Eisdiele vorbei, wo wir die Bottiche leer gegessen haben, bis uns schlecht war. Danach hätten wir uns am liebsten ausgeruht, aber Olli wollte unbedingt in die Spielhölle, da mussten wir durch.

Auf dem Weg dorthin ist Justus plötzlich stehen geblieben und hat sich mit der Hand gegen die Stirn geschlagen. So plötzlich, dass es einen Auffahrunfall gab, weil Olli hinter ihm hergegangen ist und nicht so schnell bremsen konnte. Olli hatte danach Nackenprobleme, aber die hat er sowieso immer. Deswegen haben wir uns erst um Justus gekümmert. Der hatte etwas Wichtiges zu sagen, was ihm gerade durch sein Hirn geschossen war: dass ich mit dem Hasenkostüm im Zoo weniger auffallen würde als in der Spielhölle.

Natürlich wollte keiner von uns in den Zoo, ich am wenigsten, denn dort würden sie mich am Ende nicht mehr rauslassen. Justus hatte eine ganz andere Angst: dass sie mich in die Spielhölle nicht reinlassen. Dort sind Tiere verboten, nicht nur wegen des Teppichs, sondern auch, damit man sich mehr über die freut, die man gewinnen kann, also die aus Plüsch.

Weil ich mich weigerte, das Hasenkostüm gegen eine von Luntes Rüschenblusen zu tauschen, hat Justus einen Mantel vorgeschlagen. Da hat's bei mir ZOOM gemacht: Unter so einem Mantel kann man nämlich alles verstecken, was man lieber nicht zeigt: von der Lunte bis zu den gezinkten Karten.

Einen Mantel haben wir bei der Lunte dann aber leider nicht gefunden. Selbst Herr Brand konnte mir nicht helfen, weil seiner gerade in der Reparatur war. Wie immer, wenn ich bei ihm geklingelt hab, war er total durcheinander. Er dachte doch glatt, Justus, Hugo und Olli wären meine Kinder, dabei haben die gar keine Ähnlichkeit mit mir. Komischerweise hat er sich gefreut, als ich ihm das verraten habe. Als ich ihm gesteckt habe, wozu wir den Mantel brauchen, nämlich zum Zocken, da war er schon wieder voll verwirrt. Ich nahm mir vor, Herrn Brand das nächste Mal die Visitenkarte von Dr. Psycho zu geben, damit der sich mal mit ihm unterhalten kann.

Nachdem das mit dem Mantel nicht geklappt hat und keinem von uns was Besseres eingefallen ist, haben wir Luntes Kleiderschrank auf den Kopf gestellt. Nicht so wie Olli, sondern im übertragenen Sinn. Ideen sind trotzdem keine herausgepurzelt, nur ein langes knallrotes Kleid, das sich den Bügel mit einem kürzeren Kleid in der gleichen Farbe teilte. Hugo wusste sogar, was das ist: ein Unterkleid für das Oberkleid, damit man nicht hindurchsehen kann. So was von bescheuert! Anstatt gleich ein bisschen mehr Stoff zu nehmen. Sowieso egal. Mit so einem Fummel kann man vielleicht in einem Stierkampf punkten, aber bestimmt nicht im normalen Leben!

Justus und Hugo haben mich mitleidig angeguckt. Klar, dachte ich, tut mir auch leid, dass es nichts wird mit der Spielhölle. Aber dann hat Justus seine Arme gekreuzt, was er nur macht, wenn er eine bahnbrechende Idee hat, und gesagt, dass man unter dem Kleid prima Turnschuhe anziehen kann. Zuerst wollte ich ihn verkloppen, denn sich lustig machen geht unter Freunden noch weniger als bei allen anderen. Aber dann habe ich gerafft, was er gesagt hat: DASS MAN UNTER DEM KLEID PRIMA TURNSCHUHE ANZIEHEN KANN! Wenn ich eins vermisst hab, abgesehen von meinem Körper, meiner Stimme und meinem Ketchupfleck, dann waren es meine Turnschuhe, die die Lunte gerade platt lief.

An die kam ich natürlich nicht ran, schon klar, aber irgendwo auf der Welt musste es noch ein anderes Paar geben. Und dafür lohnte es sich allemal, wie ein rotes Ampelmännchen herumzulaufen.

Beim Umziehen im dunklen Bad flog leider wieder Einiges durch die Luft, weil beide Kleider zusammen noch enger waren als eins alleine. Ich musste wie ein Känguru herumhüpfen, um es stückchenweise hochzuziehen, und bin zwischendurch in die Badewanne gefallen. Alleine kam ich da nicht mehr raus. Im geschlossenen Zustand war das Kleid anscheinend nicht zum Bewegen gedacht, sondern nur zum Stehen oder Liegen. Ausziehen ging auch nicht mehr, weil der Stoff auf der Haut klebte. Das wiederum lag daran, dass ich aus Versehen gegen den Duschhahn gestoßen bin. Brrr! Ich hab schon häufig in meinem Leben unfreiwillig geduscht, aber bisher immer nur warm und ohne Klamotten.

Die Dusche hat mich auf eine super Idee gebracht, wie ich aus der Wanne komme. Wasser erzeugt nämlich Auftrieb. Das heißt, man schwimmt nach oben. Wenn es den nicht gäbe, würden die Kreuzfahrtschiffe den Meeresboden schmücken und der dicke Lothar das Schwimmbecken vom Neptunbad. Der geht auch nie unter, obwohl er kein Stück schwimmen kann.

Komischerweise hat das mit dem Auftrieb bei mir nicht so toll funktioniert wie bei Lothar, obwohl die Badewanne bis oben voll war. Kann sein, weil das ganze Wasser, das ich zum Auftrieb gebraucht hätte, verdrängt wurde, und zwar aus der Badewanne. Ich konnte gar nicht so schnell nachlaufen lassen, wie das Wasser flöten ging.

Wer's nicht glaubt: Hugo und Justus können bezeugen, dass die Springflut unter der Badezimmertür vorher noch nicht da gewesen war. Nur deshalb haben sie in das Badezimmer geguckt, und nur deshalb konnten sie mich aus der Badewanne ziehen, bevor ich Algen angesetzt hab.

Nass bin ich trotzdem gewesen. Es hat ein bisschen gedauert und den Fön das Leben gekostet, bis ich und der Badboden wieder trocken waren. Und weil die Lunte so wenig Handtücher auf Vorrat hatte, mussten wir den Langhaarteppich aus dem Wohnzimmer nehmen, um das Wasser im Flur aufzusaugen. Mal unter uns: Im Flur hat der Teppich sowieso viel besser ausgesehen. Deshalb haben wir ihn dort gleich zum Trocknen liegen gelassen.

Das Hin und Her hat unseren Zeitplan geschreddert, aber die Laune habe ich mir nicht vermiesen lassen: Zum Turnschuhe-drunter-verstecken war das Kleid eine Wucht. Und Turnschuhe konnte Herr Brand mir zur Abwechslung tatsächlich mal leihen, auch wenn er es nicht gern gemacht hat, weil das Kleid nicht zu den Schuhen passte oder andersherum. Als ich bei ihm geklingelt und gefragt habe, sind seine Pupillen auf Autoreifengröße hochgeschnellt und er fing an zu stottern. Ich hab gedacht, jetzt ist sein Gehirn ganz im Eimer. Aber dann hat er geflüstert, dass ich wirklich *todschick* aussehe.

Man spricht nicht laut über den Tod, weiß ich von Oma, aber Herr Brand hätte trotzdem mit dem Flüstern nicht so übertreiben müssen. Ich hab ihm versprochen, dass ich seine Schuhe wieder ausziehe, bevor ich ins Gras beiße und dass ich im Moment sowieso anderes vorhabe. In die Spielhölle geh ich ja zum Spielen, wie der Name schon sagt, und nicht zum Schmoren. Das erledigt man im Untergeschoss.

Die Turnschuhe von Herrn Brand waren wirklich nicht der Renner und viel zu groß, dafür konnte ich mit den Zehen Zirkeltraining machen. Zum Auspolstern hab ich die Pläne genommen, die Frau Lunte mir gegeben hat. So konnten sie wenigstens nicht verloren gehen, und die Schuhe auch nicht.

Mit den Turnschuhen hab ich mich endlich wieder wie ein Mensch gefühlt, auch wenn sie ein bisschen geschlupft haben. Blöd war, dass ich bei jedem Schritt aufpassen musste, nicht auf die Nase zu fallen. Das lag nicht an den Schlupfturnschuhen, sondern am Kleid. Die Treppe hab ich nur geschafft, weil Herr Brand mich hinuntergetragen hat.

Leider hat sich der Einsatz nicht gelohnt. Als wir vor der Spielhölle standen, durften meine Freunde nicht rein, nur, weil sie nicht volljährig waren. Dabei hab ich dem Türsteher extra noch gesteckt, dass die drei beim Zocken gegen mich richtig alt aussehen. Olli hat nicht mitgekriegt, dass das eine Notlüge war, und sich so geärgert, dass er mich geboxt hat und ich ihn natürlich zurückboxen musste. Da durfte nicht mal ich mehr rein.

So richtig schlimm war das am Ende aber gar nicht, denn erstens: Ohne Freunde macht alles nur halb so viel Spaß. Und zweitens: Wären wir reingekommen, hätten wir Hannah verpasst, die gerade auf der anderen Straßenseite lief. So beguckt war es das Beste, was uns an dem Tag passieren konnte.

Hannah war mit Laura, Lena und Luca zusammen, die keine Schwestern sind, sich aber wie Drillinge benehmen. Einzeln sind sie zum Einschlafen, deswegen heißen sie auch die LaLeLu-Sisters. Im Dreierpack können sie richtig witzig sein. Als sie mich gesehen haben, haben sie wie beim Wasserballett alle gleichzeitig den Kopf gedreht und mich sechsäugig angestarrt. Hannah hat nur den Kopf schief gelegt und uns gefragt, ob wir mit in die Eisdiele kommen. Das war nach unserem Gelage zwar das Letzte, was wir wollten, aber wir haben es nicht verraten. Dass ein Mädchen, noch dazu Hannah erlaubt, dass wir gleichzeitig in die Eisdiele gehen, ist so selten wie ein Sechser im Lotto. Da kann man nicht Nein sagen, da muss man durch. Das hat sogar Olli sofort geblickt, und der braucht sonst viel länger, bis etwas bei ihm ankommt.

Auf dem Weg zur Eisdiele haben mich die LaLeLu-Sisters pausenlos angeguckt und sind ganz untypisch auf Manndeckung gegangen. Aus irgendwelchen Gründen wollten sie alle neben mir herlaufen, was schon mal aus praktischen Gründen nicht ging. Nur, weil ich in dem Kleid Tippelschritte machen musste, bin ich trotz der vielen Platzwechsel nicht über ihre Beine gestolpert. Hannah war die Einzige, die Kurs gehalten und mich nicht behindert hat, obwohl es mich bei ihr am wenigsten gestört hätte. Sie spielt auch Fußball, und da lernt man, dass man bei Platzwechsel nur die Gegner zum Stolpern bringt und nicht die eigenen Leute. Und megawichtig: dass Anfassen ein Foul ist und vom Schiedsrichter geahndet wird! Laura, Lena und Luca, die von Fußballregeln so viel Ahnung haben wie Kekse vom Schuhputzen, streichelten den Stoff meines Kleides. Sie guckten mich an, als wäre ich der Messias persönlich. Irgendwann hat auch noch Justus damit angefangen, weil er dachte, er hätte was verpasst. Dabei kennt er die Regeln.

Hannah hat mich gefragt, ob ich etwas Besonderes vorhätte – wegen des schicken Kleides. Ich wusste nicht, was sie meint, denn ich kam mir vor wie eine knallrote Presswurst. Einfach nur auffällig. Wenn ich was Besonderes vorhab, dann will ich nicht auffallen, sondern Tore schießen oder vom Sprungturm springen. Da fällt man zwar gewissermaßen auch auf, aber positiv. Außerdem: Mit Hannah in die Eisdiele zu gehen, war genauso besonders, nur darf man so was nicht mal denken. Denn Mädchen können Gedanken lesen, die so geheim sind, dass du sie selbst nicht einmal kennst.

Hannah hat gegrinst und gemeint, dass ich bestimmt der, sorry *die* einzige Lehrerin bin, die im Abendkleid Eis essen geht – und dann noch mit ihren Schülern.

Ein Abendkleid! Okay. *Das* war's! In dem Moment hab ich gerafft, warum ich mich in dem Fummel nicht bewegen konnte: Am Abend will das auch keiner, da will man nur auf dem Sofa rumfläzen und Fernsehen gucken oder Minecraft spielen. Und die Alten lassen sich vielleicht auch mal übers Parkett schieben. Warum man dabei leuchten muss wie eine rote Ampel, habe ich erst nicht verstanden. Inzwischen blicke ich das. Ich glaube, in dem Stoff ist ein Code eingearbeitet, der die Leute hypnotisiert. In der Eisdiele hat sich nämlich der nette italienische Kellner erst das Kleid von oben bis unten angeguckt und mir dann eine Gratiscola nach der anderen spendiert. Dass er dabei immer durch die Zähne gepfiffen hat, war ein bisschen lästig, aber vielleicht hatte er eine Macke. Ich hab einfach zurückgepfiffen. Das hat

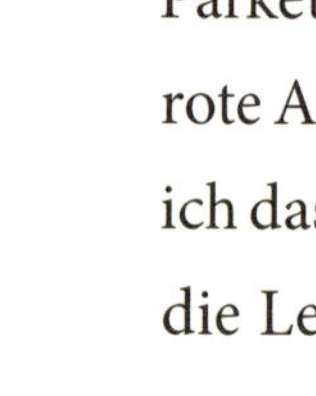

ihm so gefallen, dass ich noch mehr Colas bekommen hab.

Die LaLeLu-Sisters haben mir zwar keine Cola spendiert, aber an meinen Lippen gehangen wie drei Nudeln. Ich konnte quatschen ohne Ende und keinen hat's gestört. Von Justus, Hugo und Olli bin ich das ja gewohnt, aber so eine vergrößerte Fangemeinde ist schon 'ne feine Sache. Die LaLeLu-Sisters konnten es nicht fassen, dass ihre Lehrerin auf einmal so viel textete, wo sie doch sonst nur ihre Versuche für sich sprechen lässt.

Plötzlich lagen drei aufgeklappte Chemiebücher vor meiner Nase, in die ich meine Autogramme schreiben sollte. Weil die Bücher der Schule gehören, ist so was verboten, aber ich hab ein Auge zugedrückt und wie schon auf Mattuscheks Geburtstagskarte die bewährte Lunte gelegt. Die kam bei den LaLeLu-Sisters super an. Hannah hat mein Autogramm wieder mit einem ihrer Rätsel kommentiert: dass es ein Trugschluss ist, wenn man glaubt, einen Menschen zu kennen. In Wirklichkeit habe jeder irgendeine Kammer mit einem kleinen oder großen Geheimnis. Ob das mit der Größe der Kammer zusammenhängt, hat sie nicht gesagt.

Gern hätte ich Hannah nach der Größe *ihrer* Kammer gefragt und was da abgeht. Vielleicht sammelt sie Totenköpfe oder hört heimlich Schlager. Aber solche Fragen gehen nicht, weder mit noch ohne Publikum. Mir kam die Idee, Olli auf sie anzusetzen, denn Olli ist unser Fachmann fürs Internet, und Papa sagt immer, im Internet bleibt nichts geheim.

Aber Olli war gerade mit einem eigenen Problem beschäftigt. Er hatte als Einziger von uns noch keine Cola, dabei hatte er sie extra mit seiner neuen Bestellt-und-kommt-sofort-App in Auftrag gegeben; die liefert alles superbillig und supersofort, egal wohin. Nur eben anscheinend nicht an Olli. Weil wir nicht mit ansehen konnten, wie sehr er leidet, haben wir ihm eine Cola bei dem netten Kellner bestellt. Das ging ratzfatz und gekostet hat es nur einen Pfiff.

Nachdem Olli sich wieder berappelt hatte, mussten Hannah und die Sisters zum Abendessen nach Hause. Für uns war der Tag noch lange nicht zu Ende, denn Justus', Hugos und Ollis Eltern waren der Meinung, ihre Söhne übernachten bei mir. Das stimmte ja auch, nur nicht bei mir zu Hause, sondern bei der Lunte. Und da bei der Lunte niemand war, der die Peitsche schwang, hatten wir eine super Zukunft vor uns. Wir konnten tun und lassen, was wir wollten. Die ganze Nacht vorm Fernseher Wache schieben oder mit Schuhen ins Bett gehen.

Was *das* angeht, hat Frau Lunte die Arschkarte gezogen. Bei meinen Eltern zu Hause muss sie Schuhe ausziehen, Hände waschen, Hausaufgaben machen und sich mit Till streiten – das ganze Programm eben. Wobei mit Till zu streiten auch Spaß machen kann, zumindest, wenn *ich* damit anfange. Mit Justus, Hugo oder Olli zu streiten, macht nie Spaß, egal, wer damit angefangen hat.

Weil wir uns nicht entscheiden konnten, wo wir als Nächstes hingehen, haben wir ein altes Abzählspiel aus der Grundschule gemacht: Justus hat still das Alphabet aufgesagt, bis einer von uns laut »STOPP!« gerufen hat. Das war natürlich für Justus gedacht, damit der uns den Buchstaben verrät, bei dem er angekommen war. Aber die Leute um uns herum haben alles durcheinandergebracht. Hätte die Frau auf dem Fahrrad ihre Vollbremsung woanders hingelegt, wäre sie nicht in die Pfütze vor mir gefallen und mein Kleid wäre noch eins a. Und wären die Männer mit ihrer Glasscheibe nicht ruckartig stehen geblieben, als Justus gerade beim Y angekommen war, wäre Olli nicht gegen ihre Scheibe gelaufen. Das hat schon beim Zugucken wehgetan.

Auch nach der Unterbrechung ist uns zu Y nichts eingefallen außer Yoga. Dazu hatten wir nun wirklich keine Lust, weil man da schon beim Zugucken einschläft. Also haben wir das Spiel wiederholt. Bei K wussten wir sofort, wo wir als Nächstes hingehen: ins Kino! Eigentlich wäre das erst bei V drin gewesen, denn wir haben uns nur für verbotene Filme interessiert – die ab 16. Aber keiner von uns hat protestiert. Und wo kein Schiedsrichter ist, gibt's auch keine gelbe Karte.

An der Kinokasse haben wir uns für die Sneakpreview angestellt, weil die

a) für Kinder verboten und

b) so etwas wie ein Überraschungsei für Filme ist.

Für Überraschungen sind wir immer zu haben – zumindest solange kein Lehrer dahintersteckt. Aber die lassen Köpfe nur in der Schule rollen, nicht auf der Leinwand.

Justus, Hugo und Olli haben an der Kinokasse ihre Sonnenbrillen aufgesetzt, die Jackenkragen hochgestellt und so 16-jährig geguckt, wie sie konnten. Selbst ich wär darauf hineingefallen, obwohl ich gerade erst auf Ollis 13. Geburtstag war. Wenn nicht Hugo nach der Familienkarte gefragt hätte, weil die zwei Euro billiger war, hätte der Mann uns einfach durchgewunken. So musste ich erst noch meinen Joker ziehen und unterschreiben, dass ich (also die Lunte) ins Gefängnis gehe, wenn Justus, Hugo und Olli nach dem Film nicht mehr schlafen können. Null Risiko für mich. Probleme gibt's bei meinen Freunden sowieso nur beim Wecken.

Von dem Film haben wir dann leider nicht so viel mitbekommen, wie wir wollten, obwohl wir uns wegen der schlechten Augen von Justus extra in die erste Reihe gesetzt haben. Das lag nicht nur daran, dass wir ständig aufs Klo mussten, sondern dass wir uns kaum getraut haben, unsere Augen und Ohren zu öffnen. Denn gleich nach dem Vorspann kamen die Monster, und die waren so echt, dass wir Angst hatten, sie stapfen in den Saal herunter. Ihr wisst, wen es immer zuerst trifft: die in der ersten Reihe. Genau wie in Mathe.

Als der Film endlich zu Ende war, saß Olli zähneklappernd auf meinem Schoß und Justus unter seinem Kinostuhl. Hugo haben wir dann auch irgendwann gefunden, nämlich auf dem Klo, er hatte plötzlich irre Lust auf Kopfrechnen gehabt, weil ihn das beruhigt. Beim Rausgehen waren wir uns alle einig: Das war der beste Film, den wir je gesehen haben! Aber so was von!

Der Abend ist super weitergelaufen, wir haben die halbe Nacht Risiko gespielt und dabei ohne Ende Chips und Gummibärchen gegessen. Geschlafen haben wir alle zusammen im Wohnzimmer. Erstens wollte keiner von uns in Luntes Bett und zweitens kann man sich zu viert besser vor Monstern schützen. Einer von uns hat immer Wache geschoben, zumindest bis Olli eingeschlafen ist. Monster haben sich keine blicken lassen. Die kamen erst viel später. Nicht in der Nacht, sondern am helllichten Tag. Aber was für Monster! Für die reicht ein Kapitel nicht!

Neun

Moment, Moment, ihr kennt die Regel: Immer der Reihe nach. Zu den Monstern komme ich, wenn sie dran sind. Erst ist noch Frau Küppersbusch dran:

Sie kann echt nerven. Mit ihrem Klingelterror hat sie mich mitten aus dem schönsten Schlaf gerissen. Ich hab von roten Kleidern mit Reißverschlüssen geträumt, die man sogar im Schlaf öffnen kann. Fast so schön, wie Mattuschek eins auf die Nase zu geben. Aber dazu bin ich nicht mehr gekommen – wegen Frau Küppersbusch. Die hat eben keine Ahnung davon, dass man zum Wachstum Schlaf braucht, besonders nach dem Feiern. Dabei hätte sie sich nur mal meine Mutter angucken müssen. Die hat das früher nicht so genau genommen und jetzt hat sie den Salat: Ohne Kindersitz rutscht sie unter jedem Autogurt durch, und in ihrer Theatergruppe muss sie immer die Zwerge spielen.

Ich wollte auf keinen Fall bei den Zwergkaninchen im Zirkus landen, nur weil die Küppersbusch mir meinen Schlaf geklaut hat. Ohne die Augen zu öffnen, habe ich nach dem Telefonhörer gesucht, der irgendwo rechts von mir lag. Olli lag auch irgendwo rechts. Dummerweise hat sich Ollis Handy genauso angefühlt wie das Telefon. Vielleicht auch andersherum, das weiß ich nicht mehr so genau. Jedenfalls hab ich die Verwechslung erst bemerkt, als es schon zu spät war und Olli wie eine Sirene losgegangen ist.

Das Tolle an Olli ist, dass er einem Fehler nicht lange übel nimmt. Sobald er sein Handy zurückhatte, war Ruhe im Karton, und er hat weiter geratzt, als wär nix passiert. Justus und Hugo haben überhaupt nichts mitgekriegt. Um die aufzuwecken, braucht man mindestens einen Presslufthammer. Bei Justus zu Hause ist das kein Problem, sein Vater ist ja Bauarbeiter. Ich wach auch ohne Justus' Vater auf, aber das Schlafen klappt am besten im Unterricht. Warum, weiß ich nicht. Vielleicht, weil ich da immer Pröppel bei mir hab.

Bei der Lunte hatte ich leider nicht mal Pröpellchen, dabei hätte ich die echt gut gebrauchen können. Inzwischen klingelte es nämlich schon Stereo. Ich hab gedacht, ich krieg 'ne Macke. Denn als ich endlich den Telefonhörer gefunden und Frau Küppersbusch gebeten hatte, etwas leiser zu sprechen, damit mein Ohr nicht wegfliegt, klingelte es trotzdem in einer Tour weiter.

Bei Opa hat es auch so angefangen. Zuerst hat es in seinem Ohr dauernd geklingelt. Dann ist sein Gehör abgestürzt, und plötzlich war er auf beiden Ohren taub. Für ihn ist das nicht so schlimm, weil er jetzt Oma nicht mehr ständig antworten muss. Aber ich will auf keinen Fall taub werden. Ich antworte gerne. Selbst, wenn ich *nicht* gefragt werde.

Gott sei Dank hat sich herausgestellt, dass es nicht in meinem Ohr geklingelt hat, sondern an Luntes Tür. Das konnte nur die Küppersbusch sein, hab ich gedacht, anscheinend machte sie neuerdings wirklich Hausbesuche. Den Gegner einkreisen – Supertaktik. Wer ans Telefon geht, ist auch zu Hause, logo, oder? Da kommt man nur noch durch einen Konter raus. Mit der meckernden Küppersbusch in der Hand hab ich mich hochgerappelt. Die Augen hab ich nicht aufgekriegt, weil irgendwer meine Lider über Nacht in Blei gegossen hat. Ich musste mich durch den ganzen Flur bis zur Tür tasten, bis ich die Klinke in der Hand hatte. Dann habe ich die Tür aufgerissen und der verdutzten Küppersbusch den Hörer in die Hand gedrückt. Soll sie sich doch mal mit eigenen Ohren rummotzen hören!

Durch den schmalen Schlitz meiner Augen hat Frau Küppersbusch ganz anders ausgesehen, als ich sie in Erinnerung gehabt hatte. Viel größer und männlicher. Fast ein bisschen wie der nette Nachbar von nebenan. Komischerweise hat sich das kein Stück geändert, nachdem ich meine Garagentore trotz Bleischwere ganz aufgeklappt und meine Pupillen ausgefahren hatte.

Für einen Moment kam mir ein schrecklicher Verdacht: dass sich jetzt auch noch Frau Küppersbusch verwandelt hat, und zwar in Herrn Brand. Und Herr Brand war die am Telefon. Und Hugo hat sich in Olli verwandelt und Olli in Justus ... Die ganze Welt ein Horrorfilm in Dauerschleife. Und niemand von euch wäre mehr da, der mich retten könnte. So etwas Gruseliges hält man nicht mal aus, wenn man volljährig ist!!

Dann ist mir Gott sei Dank ohne langes Nachdenken eingefallen: Wenn Hugo Olli wäre, dann wäre es Hugo gewesen, der losgebrüllt hat, als ich ihm sein Handy weggenommen hatte. **Und *DAS* konnte <u>nicht</u> sein!!!** Niemand kann Olli so täuschend echt nachmachen. Am wenigsten Hugo. Der kann noch nicht mal beim Fußballspielen antäuschen, es sei denn, er hat vorher den Auftrag vom Trainer bekommen.

Ich hab Herrn Brand den Hörer wieder aus der Hand genommen. Der konnte ja nichts für die Küppersbusch. Er war auch ohne sie schon wieder am Durchdrehen. Er stammelte und starrte und fummelte am Halsknoten seiner Krawatte herum, weil ihm anscheinend zu heiß war. Warum er das unbedingt vor meiner Tür machen musste, wo er doch seine eigene hatte, weiß ich nicht. Aber langsam wurde es Zeit, dass sich jemand um ihn kümmert. Ihr wisst schon, wen ich meine: Dr. Psycho. Da ich sowieso schon halbwach war, war es eine super Gelegenheit, endlich die Visitenkarte loszuwerden. Normalerweise verstaue ich so etwas in meiner Hosentasche und nach ein paar Wochen wundere ich mich dann, was da alles Tolles drin ist. Man könnte daraus eine Ausstellung machen. Sogar einen prähistorischen Geflügelknochen habe ich schon gefunden, keine Ahnung, woher der kam. Aber als ich in Luntes Flur stand und in meiner Tasche herumgekramt habe, ist meine Hand ständig ins Leere gerutscht. Erst da fiel mir ein, dass ich gar keine Hosentaschen mehr besaß, weil die momentan den Hintern der Lunte schmückten. Bei so einem Gedanken können einem die Tränen kommen.

Bei mir hat das nicht gereicht. Ich hab geheult, innerlich versteht sich. Nicht wegen der Hosentaschen, sondern weil ich gerafft habe, dass mein Traum mit dem Reißverschluss kein Traum gewesen war. Ich stand vor Herrn Brand mit *nichts* an. Also beinahe fast nichts. Nur das kurze rote Unterkleid mit den fisseligen Schnüren über den Schultern. Aber etwas, das so dünn ist, dass man nicht mal ein Geschenk damit einpacken kann, weil jeder sofort weiß, was drin ist – das zählt nicht. Ich sag's ungern, aber gegen mich war das Sterntaler-Mädchen vermummt wie eine Nonne. Und das hat auch schon ganz schön gefroren.

Ohne nachzudenken, hab ich den Teppich hochgerissen und mich in ihm eingewickelt. Nicht, weil es so kalt war, sondern weil ich einen Reflex hatte. Herr Brand hatte keinen, oder seiner war aus dem Takt. Deswegen ist er erst beim Zugucken richtig zusammengezuckt. Er hat so getan, als wäre ich viel zu schade für den Teppich. Aber erstens kann es ihm völlig egal sein, was auf mir liegt. Und zweitens glaube ich, er war nur scharf auf den Teppich. Dabei hätte der einen Trockner viel dringender gebraucht als eine Reinigung.

Wenigstens hatte Luntes Nachbar endlich mit dem Stammeln aufgehört. Ich hab den Moment ausgenutzt, weil man nie weiß, wie lange es ihm gut geht, und ihm einen Deal vorgeschlagen: Klamotten gegen Teppich. Und zwar mit Hosenbeinen und allem Drumherum. Es hat ein bisschen gedauert, bis er eingeschlagen und mir in seiner Wohnung seinen Kleiderschrank gezeigt hat, aber daran hab ich mich inzwischen gewöhnt. Er kann nicht so schnell, genauso wie die Lunte.

Am besten, man hält den Atem an und zählt bis zehn. Dann muss man sich in der Wartezeit nicht so langweilen.

Aber Langweile war im Moment nicht so wirklich mein Problem. Eher die Entscheidung zwischen Karos und Streifen. Davon hatte Herr Brand jede Menge in seinem Schrank. Seine T-Shirts waren leider alle in der Reinigung. Ich hab mir eine Jeans ausgesucht und ein rot kariertes Hemd, wie es die Holzfäller in Amerika tragen. Vielleicht geht er in den Ferien immer zum Bäumefällen nach Kanada – hier ist das ja verboten.

Weil ich keine Lust hatte, den Teppich wieder den ganzen Weg zurückzuschleppen, hab ich mich in Herrn Brands Schlafzimmer verbarrikadiert und umgezogen. Da war mehr Platz als in Luntes Bad, deswegen ist kaum etwas umgefallen. Leider waren Herrn Brands Sachen so groß, dass sie hauptsächlich ihm passten. Mir leider gar nicht, weil die Lunte ein paar Nummern kleiner ist als Herr Brand und alles an mir herumschlackerte wie eine Fahne am Mast. Mit einem Gürtel und dreimal Umkrempeln hab ich alles einigermaßen in den Griff bekommen. Hauptsache, Hosentaschen! Ihr glaubt nicht, wie sehr so ein Detail das ganze Leben verändern kann. Herr Brand fand zwar, dass es nur mein Aussehen verändert hat, aber er fand ja auch das rote Kleid viel schöner an mir. Das sagt doch alles über ihn.

Mit dem tollen Gefühl von Stoff um die Beine wollte ich zurück zu meinen Freunden, um mich noch mal schlafen zu legen. Ich war so was von hundemüde. In Höhe der Küche hat sich dann aber mein weniger tolles Magengefühl gemeldet. Auf dem Küchentisch duftete nämlich eine große Schüssel voller Hörnchen mutterseelenallein vor sich. Wie geschaffen dafür, mein Magengefühl wieder auf Vordermann zu bringen.

Herr Brand hatte die Hörnchen auch gesehen. Er haute sich gegen die Stirn, wie man das so macht, wenn einem plötzlich einfällt, dass man etwas Megawichtiges vergessen hat. Zett bee die Unterhose vor dem Arztbesuch zu wechseln (hinterher ist es auch egal) oder an der Autobahnraststätte die Oma wieder einzupacken, bevor man losfährt. Meinem Nachbarn fiel aber etwas noch *Wichtigeres* ein: warum er bei uns geklingelt hatte. Antwort: Weil er uns zum Frühstück einladen wollte.

Manchmal können unscheinbare Dinge, wie ein paar Hörnchen, eine ganze Lawine lostreten. Durch den grandiosen Einfall von Herrn Brand fiel mir nämlich auch etwas ein. Dass ich Frau Küppersbusch vergessen hatte. Nicht an der

Autobahnraststätte, am Telefon natürlich. Ich weiß nicht, was es mit einem Telefon macht, wenn man pausenlos hineinmosert. Aber ich weiß, was es mit der Küppersbusch macht, wenn man ihren Morgenappell missachtet: 'ne ganze Menge!!

Dreißig Sekunden später war ich zurück in Frau Luntes Wohnung. Das Telefon, das ich bei der Teppichaktion auf den Boden geworfen hatte, war mausetot. Schütteln hat auch nichts geholfen. Ich hab gehofft, dass es Frau Küppersbusch vor lauter Aufregung nicht genauso ergangen war. Denn Menschen kann man im Unterschied zu Telefongeräten weder reparieren noch umtauschen. Höchstens wiederbeleben. Und diese Aufgabe hätte Herr Pustekuchen, unser Direx, bestimmt ungern übernommen. Da sich niemand anders freiwillig dafür gemeldet hätte, wäre die Chose also an mir hängen geblieben. Es sei denn, ich hätte meinen hilfsbereiten Nachbarn überreden können …

Bevor ich den Gedanken zu Ende gedacht hatte, meldete sich Herr Brand schon freiwillig. Nicht wie ich es gehofft hatte, um sich für Frau Küppersbusch einzusetzen, sondern um uns fünf zur Schule zu bringen – was aber aufs Gleiche rauskam. Denn wenn er erst mal dort war, konnte er sich auch ein bisschen nützlich machen. Oder?

Da Herr Brand keinen Presslufthammer besaß, haben wir die Schüssel mit den duftenden Hörnchen genommen und vor den Nasen meiner Freunde hin- und hergeschwenkt. Das hat es genauso getan. Innerhalb von ein paar Sekunden waren Justus, Hugo und Olli hellwach. Herr Brand war ganz abgelenkt, er hat sich nur noch für die Flecken auf dem Sofa interessiert. Vielleicht sollte ich ihn doch irgendwann mal mit Mama bekannt machen – wenn alles vorüber ist.

Wir sind dann alle mit den Hörnchen zusammen ins Auto gesprungen, und Herr Brand hat uns zur Schule gefahren. Als wir dort ankamen, waren die Hörnchen alle weg, aber wir noch vollzählig. Das ist deshalb wichtig, weil Frau Küppersbusch von den Toten auferstanden war und auf dem Schulhof patrouillierte. Herr Brand war also fein raus. So was von Glückskeks.

Von mir kann man das nicht behaupten. Frau Küppersbusch hat mich sofort erkannt (wenn die wüsste!) und ist auf uns zumarschiert. Sie hat mit hochgezogenen Augenbrauen erst Justus, Hugo und Olli angeguckt und ist dann zu mir rübergewandert – mit dem Blick, meine ich. Von oben nach unten, wie der Kellner aus der Eisdiele. Eine Cola hat sie mir aber nicht ausgegeben. Stattdessen hat sie mich böse angeknurrt, dass Exkursionen mit Schülern beantragt und genehmigt werden müssen.

Ich wollte sie vor meinen Freunden nicht blamieren, sonst hätte ich ihr verraten, dass es Ex*e*kution heißt (klingt übrigens viel netter als Hinrichtung). Und zwar *von* Schülern, nicht *mit* Schülern. Das macht auch viel mehr Sinn. Denn man will ja die anderen nicht alle dabeihaben, wenn es einem an den Kragen geht.

Dass ich Justus, Hugo und Olli nie und nimmer exekutieren würde, wollte ich ihr aber auf keinen Fall auf den Bauchnabel binden. Sonst hätte sie gewusst, dass die drei meine Freunde sind. Und da Schüler und Lehrer schon allein aus genetischen Gründen nicht miteinander befreundet sein können, hätte ich ihr auch gleich die ganze Wahrheit erzählen müssen. Und davor hat mich die Lunte ja gewarnt. Ihr wisst doch, wegen des Forschungsprogramms, das auf uns wartete.

Da der Bauchnabel der Küppersbusch noch ein Plätzchen frei hatte, habe ich ihr stattdessen einen Bären aufgebunden: Dass wir die halbe Nacht und den ganzen Morgen ein wichtiges chemisches Problem gewälzt hatten. Das stimmte natürlich nicht ganz. Denn das Einzige, was ich gewälzt hatte, war der feuchte Teppich. So wie der roch, bestand er zwar aus superviel Chemie, aber netterweise hat er keine Probleme gemacht, sondern zwei gelöst.

Frau Küppersbusch hat den Bären trotzdem gefressen. Sie hat sogar behauptet, dass sie sich Sorgen gemacht hatte, wegen der komischen Geräusche am Telefon, und weil ich plötzlich weg gewesen bin. Dabei müsste sie sich viel mehr Sorgen machen, wenn ihr jemand zuhört. Nachdem ich ihr etwas von technischen Problemen mit dem Telefon erzählt habe (natürlich gelogen!), hat sie den Feldwebel ganz in die Ecke gestellt und ist sanft wie ein Engel geworden. Völlig anormal.

Inzwischen weiß ich, warum: weil sie mich weichklopfen wollte, für das Gespräch mit Herrn Pustekuchen, unserem Direx. Damit es keine Zeugen gibt, hat sie meine Freunde in den Unterricht geschickt und Herrn Brand zu seinen Teppichen. Wenn ich das gewusst hätte, wäre ich schnell ins Auto von Herrn Brand gesprungen und hätte mit ihm die Biege gemacht. Habe ich aber nicht gewusst. Vorher ist man immer dümmer.

Meine Lust auf einen Termin bei Herrn Pustekuchen

lag irgendwo im Nanobereich. Für so etwas muss man sich nämlich ins Direxzimmer bewegen. Habt ihr gehört?! Ins DIREXZIMMER!!! Meine Erinnerung ans Lehrerzimmer war grässlich genug, um sich ein paar von diesen Gedächtnislücken zu wünschen, die Oma abonniert hat. Wer zum Direx muss, kann das Wünschen lassen. Der ist hinterher sowieso einen Kopf kürzer. Entweder er kann sich auf einen Stapel blauer Briefe gefasst machen, oder er fliegt von der Schule, weil er etwas verbrochen hat. So sieht es aus! *Ich* hatte nichts verbrochen. Es sei denn, man zählt die Schuhe der Fünftklässler dazu, die ich in der Jungendusche versteckt hatte. Oder die Kröte, die ich der Schrulle beim Wichteln geschenkt hatte. Oder …

Statt mich in Ruhe in meinem Gedächtnis kramen zu lassen, hat die Küppersbusch auf dem Weg zum Direx dauernd dazwischengequasselt. Sie wollte etwas von mir. Ich glaub, es war mein Herz. Zum Ausschütten oder so, weil das Lehrerleben so hart sein kann. Aber das kann sie sich knicken. Herzen sind absolute Privatsache. Wenn ich meins irgendwo ausschütte, dann bestimmt nicht vor der Küppersbusch.

Bei diesem Gedanken ist mir ein entscheidendes Detail aufgefallen: Sie brachte ja nicht *mich*, sondern Frau Lunte zum Direx. Klar, wen sonst! Und Lehrer bekommen keine blauen Briefe, höchstens eine Beförderung.

Wie die Lunte das hingekriegt hat, wo sie ständig alles verschüttet oder ankokelt, wusste ich allerdings nicht. Bevor Frau Küppersbusch mich ins Zimmer vom Direx geschubst hat, raunte sie mir jedenfalls etwas ins Ohr: dass sie mich gut versteht, wo doch jeder weiß, dass die 9a so was wie eine Zone der Gesetzlosen ist.

Ich hab leider nichts verstanden, ich wusste nur, dass in der Klasse die ganzen Dumpfbacken sitzen, mit Malfoy als fieser Oberdumpfbacke. Andere auszulachen ist sein einziges Hobby. Wer zwei Beine hat, macht sich lieber aus dem Staub, bevor er selbst drinliegt. Ich hab gedacht, dass die Lunte ja ausnahmsweise mal die Richtigen in den Wahnsinn getrieben haben könnte und jetzt dafür eine Belohnung kriegt: zett bee eine Woche schulfrei oder Freikarten fürs Kino.

Leider hab ich falsch gedacht. Statt schulfrei zu geben, hat der Direx mir nur die Hand geschüttelt und einen auf nett gemacht. Liebe Frau Lunte, hat er gesagt und mir dabei ein Glas Wasser angeboten. Ein Kakao wäre mir lieber gewesen, aber so nett war er dann auch wieder nicht. Dann hat er tief Luft geholt und eine superlangweilige Rede über komplizierte Stundenpläne und die Verantwortung eines Lehrers gehalten, bei der ich noch müder wurde, als ich die ganze Zeit schon war. Um nicht einzuschlafen, habe ich eine Fliege beobachtet, die fahrig herumflog und überall gegendötzte. Pustekuchens Vortrag musste sie durcheinander gebracht haben. Ein Ufo wäre spannender gewesen, aber wenigstens hat die Fliege mich ein bisschen abgelenkt. Herrn Pustekuchen auch. Besonders, als ich versucht habe, die Fliege zum offenen Fenster zu dirigieren. Da wurde er genauso fahrig wie sie. Plötzlich hat er seine rechte Hand zur Faust geballt und ein Loblied auf meinen Kampfgeist geschmettert: Ich solle den Stier bei den Hörnern packen, dann schaff ich es!

Typisch Pustekuchen! Aus einer Fliege einen Stier machen. Ein Stier lässt sich ja zumindest theoretisch einfacher fangen als eine Fliege. Aber bestimmt nicht durch die Lunte. Die hat so viel Kampfgeist wie ein Hörnchen. Wer was anderes behauptet, hat einen Sprung in der Schüssel. Das Einzige, das die Lunte schaffen würde, ist es, dem armen Tier aus Versehen die Hörner abzubrechen. Und das ist gegen das Tierschutzgesetz. Egal, ob aus Versehen oder nicht.

Aber dann hat Pustekuchen verraten, dass er das mit dem Stier im übertragenen Sinn gemeint hat. Als Aufgabe, die ich anpacken soll. Ihr werdet es nicht glauben, aber der Auftrag hatte einen Namen, genauso wie der Stier. Er hieß 9a, kein Witz, obwohl Herr Pustekuchen ohne Pause gelächelt hat. Egal, wie sehr ich meine Ohren ausgeschüttelt habe, es ist kein anderer Name herausgefallen. Nur ein Stück von einem alten Pröppel, den ich seit über einer Woche gesucht hatte. Pustekuchen hat meine Suchaktion genutzt, um mir alles noch einmal schriftlich unterzujubeln. Er hat mir meinen neuen Stundenplan in die Hand gedrückt, und da stand es tatsächlich dick und fett: Doppelstunde Chemie in der 9a! In der dritten und vierten Stunde. Bevor ich protestieren konnte, hat Herr Pustekuchen mich schon aus seinem Büro geschoben und Frau Küppersbusch aus ihrem Sekretariat. Das ging in einem Rutsch, obwohl ich die Handbremse angezogen hatte. Die beiden müssen das vorher lange einstudiert haben, sonst wär ich nicht so ratzfatz draußen gewesen. Wenn ihr mir nicht glaubt, geht hin und seht euch meine Bremsspuren an!

Zehn

Kennt ihr diese Starre, die einen ab und zu wie ein Blitz überfällt? Zett bee, wenn Papa brüllt, weil man sein Tablet draußen im Regen vergessen hat? Oder wenn man genau in dem Moment an die Tafel muss, in dem man mit dem Nebenmann die Bundesligaergebnisse verglichen hat?

Papa sagt, das kommt vom Schreck, wenn einen die eigene Blödheit einholt, und Mama, dass er deshalb immer so ein blödes Gesicht macht, wenn er mit seinem Auto an einem Blitzgerät vorbeirast. Sie kennt sogar den Namen dafür. Nicht fürs Blitzgerät, sondern für Papas Gesicht: *Paralyse*. Hört sich an wie Kombüse, nur vorne mit Paral, statt mit Komb. Es gibt aber noch eine Gemeinsamkeit: In der Kombüse kann man sich kaum bewegen, weil es unter Deck so rappeleng ist. In der Paralyse kann man es nicht, weil die Muskeln im Generalstreik sind. Da fällt selbst das In-der-Nase-bohren flach.

Ich hätte für immer darauf verzichtet, wenn ich dafür meine Beine in Gang bekommen hätte. Denn genau in dem Moment, als ich mit dem neuen Stundenplan in der Hand vor dem Direxzimmer stand, bog Mattuschek um die Ecke. Ich sag euch: Die Schule hat fünftausend Ecken. Warum musste er sich ausgerechnet diese aussuchen? Es gibt nur eine Antwort: Murphys Gesetz. Äußerlich hat Mattuschek zwar wenig Ähnlichkeit mit einem Butterbrot, aber dafür konnte das Gesetz ja nichts.

Mattuschek änderte sofort seine Himmelsrichtung auf südwest und eilte strahlend auf mich zu. Wegen der Paralyse konnte ich ein paar Sekunden nichts tun, außer blöd zu gucken. Jeder normale Mensch hätte das Weite gesucht, um sich nicht anzustecken. Mattuschek nicht, was einem echt zu denken geben sollte. Er hat mir zugezwinkert und wollte wissen, wo das süße Häschen hin ist. Alleine für diese Frage hätte ich ihm schon eins auf die Glocke geben können. Für die zweite hätte ich ihm sogar Mengenrabatt gewährt, die war so unterirdisch, dass nicht mal ein Ölbohrer dahinkommt: Ob ich nach dem wunderschönen Kleid zur Abwechslung mal meine natürliche Weiblichkeit herauslasse. Hallo?! Sollte ich jemals in Mattuscheks Gegenwart irgendetwas herauslassen, dann allerhöchstens einen Pups. Der ist auch natürlich und darüber hinaus noch biologisch abbaubar.

Als Biologe interessierte sich Mattuschek leider auch für meine Füße. Die hatte er sich nämlich viel kleiner vorgestellt, von wegen zierliches Persönchen und so. Ihr glaubt gar nicht, wie froh ich war, die riesigen Treter von Herrn Brand zu tragen. Sonst hätte er sich die Füße vielleicht noch ohne Schuhe angucken wollen. Das Schlimmste aber kommt noch: Mattuschek wollte mich einladen, und zwar zum Essen! Mit allem Pipapo! Ich weiß nicht, ob er Pipi, Papa oder Popo meinte, für mich war eins schrecklicher als das andere. Kaum war die Frage draußen, machte er einen auf Zauberer und zückte eine Papierblume. Statt sie in eine Taube zu verwandeln, hat er sie mir in meine Hemdtasche gesteckt. Geht's noch?? Niemand steckt mir ungefragt irgendwas wohin! Nicht mal meine Mutter. Es sei denn, es ist lecker.

Die Blume hat mich so abgelenkt, dass ich ganz vergessen habe, Mattuschek einen Korb zu geben. Der hätte auch gar nicht gereicht. Für jemanden wie ihn braucht man einen Schaufelbagger, oder besser noch einen Container, damit er kapiert, was Sache ist.

Die Schrulle hat mich aus Mattuscheks Klauen befreit, aber das behaltet bitte für euch. Sonst erwartet die noch ein Dankeschön. Und ich hab null Lust, ihr eine Schachtel Pralinen zu kaufen, nur weil sie ein gutes Timing hat. Sie kurvte wie bestellt um die Ecke, mit einem großen Fangnetz unter dem Arm. Sie war auf der Jagd nach Mattuschek und gar nicht davon angetan, dass sie das ganze Gebäude nach ihm umkrempeln musste. Ich hab mich schon gefreut, weil ich dachte, sie fängt ihn für den Paviankäfig im Zoo. Der hat nämlich Nachwuchssorgen. Das Netz hat die Schrulle dann aber nicht gebraucht, Mattuschek ging freiwillig mit. Er ist ja nicht nur Biologe, sondern auch Jäger. Da weiß man, wann so eine Jagd zu Ende ist. Ich hätte der Schrulle vor lauter Erleichterung fast ihr Runzelrübengesicht geküsst, zumindest mit einer doppelten Lage Taschentuch dazwischen. Für so eine Großtat muss man sich auch mal überwinden können. Musste ich dann aber Gott sei Dank doch nicht, weil die Schrulle es megaeilig hatte. Nur ihren Kontrollblick, mit dem sie mein neues Outfit begutachtete, musste sie noch schnell unterbringen. Als sie bei den Turnschuhen angekommen war, hatte sie genug. Nach meiner Schuhgröße hat sie mich nicht gefragt, nur nach der Visitenkarte: Ob ich sie schon genutzt habe. Ich hab ihr nichts von Herrn Brands Stammelattacken erzählt, nur, dass ich soooo kurz davorstand. Da hat sie zufrieden geknurrt, was echt selten vorkommt.

Als sie Mattuschek mit sich zog, hat er mir noch einmal zugewunken und versprochen, mir eine Einladung zu schicken. Keine Sorge, hat er noch gesagt! Mal ehrlich: Die einzige Sorge, die ich hatte, war die, dass er es nicht vergisst.

Nachdem beide weg waren, habe ich das getan, was ich die ganze Zeit schon tun wollte: nachgedacht. Normalerweise passiert bei mir so was nebenbei. Extrazeit fürs Nachdenken gibt's nicht, das geht von meiner Freizeit ab. Aber diesmal habe ich eine Ausnahme gemacht, denn ich wusste ja, dass in weniger als einer halben Stunde die 9a bei mir dran war. Oder andersherum, wie man's nimmt. Ich hatte keinen blassen Schimmer, wie ich die Klasse neunzig Minuten lang bei Laune halten soll. Dabei könnte man in der Zeit richtig schöne Dinge machen: einen Film gucken und Chips futtern. Oder Chips futtern und einen Film gucken. Beides gut.

Sogar supergut! Seid ihr auch draufgekommen? Die Lösung war: Ein Film!! Mit so was bekommt man jede Doppelstunde platt, selbst bei der 9a! Das Einzige, was ich zu tun hatte, war eine DVD herzuzaubern, aber wozu hat man Freunde: Justus schleppt immer eine in seinem Rucksack rum,

für alle Fälle. Ich bin sofort in den Keller gedüst, wo meine Klasse gerade Kunst bei Herrn Mörtel hatte und Gipsfiguren formte. Das einzige Problem war, an Justus ranzukommen, ohne hineinzuspazieren und nach ihm fragen zu müssen. So was macht man unter Freunden nicht.

Ich hab noch einmal nachgedacht, und da kam schon wieder eine Idee angekullert. Direkt vor meinen Füßen lag ein Strohhalm auf dem Boden, wie geschaffen, um damit Papierkügelchen durch ein Schlüsselloch zu schießen, vor allem, wenn das Loch so groß ist wie das von der Werkraumtür. Natürlich kann man mit einem Strohhalm auch andere Dinge machen, einen Kakao süppeln oder einen brodelnden Geysir nachmachen, aber das konnte ich ja auch noch hinterher tun. Jedenfalls nahm ich mir vor, das Nachdenken nächstens häufiger auf den Tagesplan zu setzen. Bei so einer fetten Erfolgsquote kann man schon mal ein paar Minütchen seiner Freizeit opfern.

Da beim Treppenhinunterlaufen Luntes geknüllte Liste verrutscht war und aus meinem Schuh heraushing, musste ich nicht lange nach Munition suchen. Ich hab mir einfach ein Stück abgezwackt, in kleine Stückchen gerissen und zusammen mit Spucke zu perfekten Kügelchen gerollt. Dagegen sind Pillendreher-Käfer die reinsten Stümper.

Gerade war ich fertig zur Generalprobe, da öffnete sich die Tür zum Heizungsraum, und ein donnerndes Geräusch dröhnte durch den Kellerflur. Es hörte sich an wie der Zorn Gottes, aber es war nur Herr Kowalski, der eine alte Tafel herausschob. Als er mich sah, hatte er gleich wieder Futter für seine Sparspäße, die meistens nur er witzig findet. Wer kann, macht einen großen Bogen um ihn, nicht nur im Winter, wenn er Schnee schippt und einen zum Spaß vollschüttet. Dafür war es schon zu spät, Kowalski hatte sein Grinsegesicht aufgesetzt und wollte wissen, ob ich es auf seinen Hausmeisterjob abgesehen hätte – wegen der Schlabberklamotten, der Karos und so. Dann könnte er meinen Unterricht übernehmen. Mit Chemikalien kenne er sich aus.

Auf Kowalskis Pseudofragen darf man nie, nie, nie antworten. Und auf keinen Fall zurückgrinsen. Sonst geht das bis Weihnachten so weiter und man verpasst am Ende noch die ganze Bescherung. Obwohl, in meinem speziellen Fall hätte ich eine Ausnahme machen sollen. Wenn ich Kowalski die 9a übergeben hätte, wäre ich mit einem Schlag beide los gewesen und die oberschrecklichste Schulstunde meines Lebens hätte nie stattgefunden. Die war eine von denen, für die man Oma gern ihre Demenz abkaufen würde. Aber das wusste ich erst später, als Kowalski längst wieder im Erdgeschoss war und nach anderen Opfern Ausschau hielt. Echt dumm gelaufen!

Ich hab also da weitergemacht, wo mich Kowalski unterbrochen hat: Ich hab durchs Schlüsselloch des Werkraums gelinst. Justus saß nicht superoptimal, was die Zielgerade angeht. Trotzdem habe ich nicht lange gefackelt und einfach einen Probeschuss abgegeben. Der ging leider in die Hose, oder besser, in Tobis Nacken. Tobi, der gerade Herrn Mörtel etwas vorstotterte, war so erschrocken, dass er völlig normal weiterredete. Das wiederum hat Herrn Mörtel so aus dem Takt gebracht, dass er vergessen hat zuzuhören und Tobi wieder ganz von vorne anfangen musste. Da war's mit dem Normalreden schon wieder aus und vorbei.

Da sich das noch eine Weile hinziehen konnte, habe ich es noch einmal versucht, solange die beiden beschäftigt waren. Beim zweiten Mal habe ich dem Strohhalm noch eine leichte Biegung verpasst, um nicht wieder Tobi abzuschießen – auch wenn das vielleicht eine super Therapie für ihn gewesen wär. Ich war nicht zum Spaß hier.

Diesmal ging der Schuss richtig in die Hose, und zwar in die von Basti, die hatte nämlich ein Loch zum Lüften oder zum Aufhängen oder was weiß ich. Da sollte der Schuss natürlich nicht hin, aber erstens gelingt so ein Treffer nur alle zehn Jahre, und zweitens hat Basti so wunderschön gequiekt, dass er von Herrn Mörtel gerügt wurde. Basti hat zwar protestiert, dass er unschuldig sei, aber das hat Herr Mörtel ihm nicht geglaubt, weil Basti an seinem Tisch gerade an einem Ohr für seinen Schweinekopf gipste. Basti hat daraufhin vor Wut den ganzen Schweinekopf zertrümmert, was ihm eine noch dickere Rüge von Herrn Mörtel einbrachte und eine fette Gipsstaubwolke, in der Mörtels Gebrösel gar nicht mehr auffiel.

Meine Geschosse übrigens auch nicht. Also hab ich es noch einmal versucht, diesmal hab ich den Strohhalm bis zur Hälfte mit den Kügelchen gefüllt. Wegen des Staubes, der in der Luft hing, konnte ich die Richtung nur grob schätzen. Leider musste Justus wegen seiner Stauballergie gerade in dem Moment niesen, als ich die Geschosse auf Reise schickte. Weil er sich dabei nach hinten umdrehte, hat sich ein Teil der Kügelchen in seinen Mund verirrt, und Justus hat einen fürchterlichen Hustenanfall bekommen. Da Linus die ausgehusteten Kügelchen volle Kanne ins Gesicht bekam, hat er

Justus eine gescheuert. Und weil dabei Ollis überdimensionales Gipshandy zu Bruch ging, das der gerade fertig hatte, ist Olli auf Linus losgegangen. Während Mörtel versucht hat, die beiden zu beruhigen, hat die Lunte Justus nach draußen geschoben – wegen seines Hustenanfalls.

Sie war überrascht, dass ich vor der Tür stand, noch dazu in Klamotten, die sie von ihrem Nachbarn kannte. Anstatt sich zu freuen, hat sie gleich so getan, als wäre ich für das Tohuwabohu verantwortlich gewesen. Ist das nicht ungerecht? Weder hatte ich Schuld an Bastis Loch in der Hose, noch an Justus' Stauballergie. Und dass ich Tobi fast vom Stottern geheilt hatte, hätte eigentlich belohnt werden müssen. Andere bekommen für so was einen Nobelpreis oder zumindest das Bundesverdienstkreuz. Ich hätte mich sogar mit einem Schokohörnchen zufriedengegeben, aber nicht mal das hat sie mir in Aussicht gestellt. Daraufhin hab ich ihr erst mal gesteckt, wer hier wirklich was verbockt hat: einzig und allein *sie*, weil sie mir die 9a vermacht hat, zusammen mit Mattuschek. Von Pustekuchen und all den anderen ganz zu schweigen. Wenn ich bei so einem schrottigen Erbe noch eine kleine DVD und ein Schokohörnchen obendrauf möchte: Ist das zu viel verlangt?

Statt einer Antwort hat die Lunte nervös mit den Augen

geklimpert und keinen Ton mehr von sich gegeben. Dann hat sie zu Justus geguckt. Und Justus, der in der Zwischenzeit seine Allergie und die letzten Kügelchen im Keller verteilt hatte, guckte mich an. Dann hat er sich den Kopf gekratzt und gebeichtet, dass er seine DVD zu Hause vergessen hat, weil er sie fürs Pausenbrot aus dem Rucksack nehmen musste. Dafür hatte er einen alten Schinken dabei, der drei Kilo schwer war und an dem er schon ziemlich lange kaute. Zum Essen war mir überhaupt nicht zumute, aber Justus hat mir verraten, dass der Schinken nicht aus dem Kühlschrank kam, sondern aus der Bücherei, weil es ein Buch war. Und stellt euch vor: Darin kam *kein einziges* Bild vor, dass man zeigen konnte! Mit so was kann man die 9a vielleicht erschlagen, aber bestimmt nicht unterhalten. Da kann man gleich die Bibel vorlesen, gerupft wird man so oder so. Bei der Bibel könnte man allerdings noch unauffällig die eine oder andere Fürbitte für sich unterbringen, dass es nicht so wehtun soll.

Mal in echt: Mein ganzer Einsatz – alles für die Tonne! Da die Pausenglocke sich schon gemeldet hatte, habe ich mich zu den Chemieräumen in den zweiten Stock aufgemacht. Zum Henker kommt man nie zu spät, hab ich mal in einer Gruselgeschichte gelesen. Warum, weiß ich nicht, wär ja eine lebensverlängernde Maßnahme, also schon erstrebenswert. Aber darüber konnte ich mir keine Gedanken mehr machen, denn als ich die Schüler der 9a von Weitem sah, kamen die mir vieeel größer vor, als ich sie in Erinnerung hatte. Ich hab gehofft, dass sich das ändert, wenn ich näher rangehe, so wie bei dem Scheinriesen Turtur aus »Lukas und der Lokomotivführer«. Der hat sich bei Nahem als furchtbar netter Mensch herausgestellt.

Die 9a hat sich nur als furchtbar herausgestellt, egal ob von nah oder fern, das lag vor allem an diesem Malfoy. Es fing schon damit an, dass er Witze über mich gerissen hat, bevor ich auch nur Hallo sagen konnte. Und zwar die voll ironischen, bei denen man ganz schwer kontern kann, wenn man die Hände nicht dazunehmen darf. Er hat mit Fingern auf mich gezeigt und gefragt, ob mein Modeberater blind ist, weil, wenn nicht, dann gehöre er erschossen. Dabei hat er sich halb schlapp gelacht, obwohl ich seine Lehrerin war. Dagegen ist Kowalski die reinste Seele. Danach hat Malfoy seine Kumpels zu einem Spalier aufgestellt, »für die schönste Prinzessin mit den coolsten Schuhen«, und ich musste unter vielen »Oohs« und »Aahs« durch, sonst hätte ich den Chemieraum nicht aufschließen können.

Das habe ich dann trotzdem nicht geschafft, weil Malfoy mich total aus dem Tritt gebracht hat. Versucht mal ein winziges Schlüsselloch zu treffen, wenn jemand die ganze Zeit neben euch steht und euch anfeuert wie einen Marathonläufer vor der Ziellinie. Als es endlich klappte und alle drin waren, im Chemieraum natürlich, hätte ich sie am liebsten sofort wieder rausgeschmissen. Die Heinis haben sich mit dem Rücken zu mir auf ihre Tische gesetzt, ihre Smartphones rausgeholt und mit ihren Nachbarn laut rumgedaddelt. Nicht alle, aber Malfoy und seine Kumpels, und die reichten, um einen zum Kochen zu bringen. Normalerweise bin ich für jeden Spaß zu haben, vor allem, wenn man neunzig Minuten totschlagen muss. Aber, ey, die haben so getan, als gäbe es mich gar nicht. Hallo? So was ist mir noch nie im Leben passiert! Am liebsten hätte ich den Bunsenbrenner rausgeholt und ihn unter ihre Hintern gehalten. Aber erstens war der Schlauch für die Gaszufuhr zu kurz und zweitens hab ich der Lunte beim Leben meines Opas schwören müssen, dass ich im Chemieraum keine Experimente durchführe. Für mich wäre das zwar kein Experiment gewesen, sondern eine pädagogische Maßnahme, wie

Frau Schrulle immer sagt. Aber ich wollte Opa nicht riskieren, Frau Lunte kann in solchen Dingen echt spitzfindig sein.

Stattdessen habe ich mich breitbeinig auf das Podest gestellt, wo der Experimentiertisch steht, die Hände in die Hosentaschen gestemmt und grimmig geguckt. In brenzligen Situationen hat das bisher immer super gewirkt, selbst ohne Podest. Leider ist der Versuch voll in die Hose gegangen, und zwar so was von. Die Taschen von Herrn Brand waren nämlich viel tiefer, als ich dachte, meine Hände sind nonstop bis zum Knie durchgerutscht. Dabei hab ich nicht nur meinen grimmigen Blick verloren, sondern auch mein Gleichgewicht. Ich bin mit den Tretern an der Kante des Podestes abgerutscht und volle Kanne auf dem Boden gelandet, direkt vor Malfoys Füßen. Da ich mit den Händen in den Taschen hängen geblieben bin, lag ich da wie eine Flunder auf dem Trocknen. Nur leider ohne Sand, um mich zuzuschaufeln. Dabei hätte das meiner Seele echt gutgetan. Den Rest könnt ihr euch denken. Natürlich war ich *der* Brüller, selbst für die, die bisher in der zweiten Reihe standen. So hatte ich mir das mit der Aufmerksamkeit der Klasse nicht vorgestellt.

So schnell ich konnte, habe ich mich wieder aufgerappelt. Währenddessen hat Malfoy etwas vom Boden aufgehoben, das ganz nach meinem Schuhpolster aussah. Ihr wisst schon: Luntes Unterrichtsplan. Er muss herausgerutscht sein, als ich vom Podest gerutscht bin. Malfoy hat ihn mit spitzen Fingern auseinandergezogen und so getan, als würde er müffeln. Dann hat er angefangen, laut vorzulesen, voll übertrieben. Ich wollte ihm den Zettel aus der Hand reißen, nicht nur, weil es ihn gar nichts anging, was da draufstand, sondern weil er mir mein Schuhpolster geklaut hatte. Malfoy hat seinen Arm nach oben gestreckt und mit dem Zettel wie mit einer Hundewurst in der Luft gewedelt. Am liebsten hätte ich ihm seine Nase abgebissen. Aber ich wollte ihm nicht den Gefallen tun, zu springen. Da hat er sich zu seinen Kumpels umgedreht und rumgeblökt, dass ich Spickzettel verstecke, weil ich keine Ahnung von Chemie hätte. Und ob ihr's glaubt oder nicht: Er hat mir doch glatt geraten, schön nett zu ihm zu sein, sonst würde er mich an den Direx verpfeifen. Und schwupp, hatte er eine DVD aus seiner Tasche gezogen, die er sehen wollte.

Wenn Malfoy einen halben Meter kürzer und schmaler gewesen wäre, hätte ich ihm die DVD um die Ohren gehauen, denn auf solche Erpressernummern stehe ich überhaupt nicht. Erst recht nicht, wenn sie von so einem Lackaffen kommen. Aber Leute: Ich war am Ende meiner Kräfte und

froh über jede Verschnaufpause. Außerdem hatte *ich* zuerst die Idee mit dem Film. Nur *deswegen* habe ich Malfoy die DVD in den Player legen lassen.

Aus der Verschnaufpause wurde nichts. Alle hatten sich gegen mich verschworen, wirklich alle! Sogar die schrecklichen Monster, die ich schon aus dem Kino kannte. Zur Abwechslung kletterten die mal nicht aus der Leinwand, sondern aus dem Fernseher – als ob sich nicht schon genug andere Monster in diesem Chemieraum versammelt hätten. Von meinen Freunden war leider niemand da, an dem ich mich festhalten konnte, als es gruselig wurde – also ab der ersten Minute. Den Rest der Chemiestunde habe ich nur ausgehalten, indem ich mir abwechselnd Augen und Ohren zugehalten und dabei das Einmaleins aufgesagt habe. Ich weiß nicht, ob die Angstschreie, die ich hörte, von den Opfern der Monster kamen oder von mir. Aber das fiese Gelächter stammte von Malfoy und Co. Hundertpro! Und ich weiß auch, wem das galt: der Lunte. Und mir.

Elf

Als ich nach der Stunde aus dem Chemieraum getaumelt bin, war wieder nichts mit Verschnaufen. Dabei wär das mal richtig angesagt gewesen. Ausgerechnet Mattuschek kreuzte meine Bahn. Ich weiß nicht, wie er das schon wieder gemacht hat, aber das *kann* kein Zufall gewesen sein. Ich war zu benommen, um ihm auszuweichen. Er hatte es sich überlegt und wollte mich doch nicht zum Essen einladen. Toll, hab ich gedacht, wenigstens ein Problem weniger. Aber Mattuschek hat gleich für Nachschub gesorgt, denn aus dem Restaurant *mit* Essen hat er eine Sauna *ohne* Essen gemacht. Ja, richtig gelesen: dieser heiße Raum, in den man sich nackt reinsetzt und wo man ständig so tun muss, als würde man sich nicht die Bohne für die anderen interessieren. Mattuschek war der Meinung, dass ich so was supergut gebrauchen könnte, weil ich so gestresst rumlaufe. Dass das besser werden würde, sobald er mich in Ruhe lässt, ging leider in seinem Wortschwall unter. Er war schon dabei, mir die Vorteile für die Sauna aufzuzählen: Man entspannt, schwitzt seinen Stress aus, öffnet seine Poren für die Außenwelt, zett bee für Menschen wie ihn … Hallo?! Ich weiß nicht, wo da der

Vorteil sein soll. Wenn ich daran denke, Mattuschek durch meine Poren in mich einzuschleusen, fange ich sofort furchtbar an zu schwitzen, dafür brauche ich keine Sauna.

Diesmal hab ich Mattuschek statt eines Korbes vorsichtshalber gleich einen Container gegeben, und zwar einen von der Sorte, die man nicht zurückgeben kann. Dann habe ich die Beine in die Hand genommen und bin um mein Leben und meine Poren gerannt. Wie durch ein Wunder ist Mattuschek stehen geblieben. Mein rechter Turnschuh leider auch. Ohne Schuhpolster schien es für meinen Fuß keinen Grund mehr zu geben, drinzubleiben.

Aus Angst, dass Mattuschek vielleicht meine Fährte erschnüffeln kann, bin ich bis auf den Schulhof gerannt. Und als die Tür hinter mir gleich wieder aufging, sicherheitshalber auch noch auf einen Baum geklettert. Aber stellt euch vor, der Himmel hatte es ausnahmsweise gut mit mir gemeint. Es war nicht Mattuschek, der durch die Tür kam. Es war Hannah! Sie hatte meinen Schuh in der Hand. Von Weitem sah er viel kleiner aus als von Nahem. Allein schon deshalb hätte ich Hannah umarmen können. *Und* weil sie nicht gefragt hat, was ich auf dem Baum wollte. Von mir aus könnte sie den ganzen Tag lang meinen Weg kreuzen und würde nicht nerven.

Weil man bei Hannah im Gegensatz zur Küppersbusch auch keine Angst um sein Herz haben muss, hab ich es bei ihr probehalber einfach mal ausgeschüttet, ohne dass sie danach gefragt hat. Ob ihr's glaubt oder nicht: Das war hinterher mindestens zehn Kilo leichter. Komisch war es trotzdem, einem Mädchen zu verklickern, dass ich keine Frau mehr sein will. Erst recht nicht, solange ich sie mir nicht selbst aussuchen kann, sondern nehmen muss, was gerade da ist. Ich wollte wieder Tobias sein und nur dann auf Bäume klettern, wenn ich Lust drauf hatte. Nicht, weil Mattuschek mich sonst mit in die Sauna nimmt.

Normalerweise kichern Mädchen immer irgendwann los und tuscheln miteinander, und danach müssen sie zusammen aufs Klo. Dieser Moment auf dem Schulhof war wie gemacht dafür. Nicht fürs Zusammen-aufs-Klo-gehen, weil das alleine nicht ganz so gut funktioniert, aber fürs Kichern auf jeden Fall. Und wisst ihr, was Hannah gemacht hat: erstens, nicht gekichert, und zweitens, mich verstanden. Und zwar so was von. Sie hat sogar versprochen, mir zu helfen, obwohl sie es total schade fand, dass es mich dann nicht mehr geben würde. So eine nette und lustige Lehrerin wie mich hatte sie noch nie. Mit so einem Lob kann ich mich zwar nicht für die Jugendmeisterschaft im Turmspringen bewerben – jedenfalls nicht für die männliche. Aber so was Tolles hat vorher noch nie jemand zu mir gesagt. Nicht mal meine Mutter. Und die sagt immer, in mir steckt mehr, als mir lieb ist. Mit solchen Worten wie von Hannah im Rücken nimmt man es mit jedem auf, selbst mit Malfoy und Mattuschek.

Nachdem Hannah nach Hause gegangen war, hab ich mir die Beine in den Bauch gestanden, bis die Lunte auch aus der Schule kam. Ich musste dringend ein paar Takte mit ihr reden, denn so ging es nicht weiter. Und stellt euch vor: Erst hat sie mit Frau Jacoby geplaudert, und dann noch mit Paula. Stundenlang, als wären sie die besten Freunde der Welt. Solche Kontakte sind gefährlicher als Zecken. Gegen die gibt es nämlich keine Zangen, die wird man nie wieder los.

Erst als ich einen Stein gegen ihren Po geworfen habe, hat sich die Lunte endlich auf den Weg nach Hause gemacht. Ich hab mich unauffällig an sie rangehängt, bis keiner aus der Schule mehr zu sehen war. Dann hab ich ihr das Gleiche erzählt wie schon Hannah, nur ohne Herzausschütten, sondern supersachlich. Die Lunte hat mir mit vielen »Mmhs« zugehört und ständig genickt, vor allem, als ich zugegeben habe, dass ich die 9a und Mattuschek am liebsten auf den Mond schießen würde, oder besser noch zum Mars. Von dort kommt man nämlich nicht so schnell zurück.

Frau Lunte hat dann auch etwas zugegeben: dass es ihr genauso ergangen ist wie mir, und dass sie glücklich ist, weil sie nichts mehr damit zu tun hat. Bei dem »nichts mehr« hat meine Warnblinkanlage angefangen zu leuchten. Eigentlich hätte sie »im Moment« sagen müssen. Wer sich einen Körper ausleiht, noch dazu einen so tollen wie meinen, muss sich gefälligst an die Regeln halten:

1. nicht verbaseln
2. Abgabefrist einhalten
3. alles im Tipptopp-Zustand zurückbringen

In der Bücherei fängt man ja auch nicht an zu diskutieren. Höchstens über die Mahngebühren.

Dann hat sich herausgestellt, dass die Lunte gar nicht diskutieren wollte. Sie hat genauso eine Rede gehalten wie Pustekuchen, nur nicht über die 9a, sondern über das Paradies. Erst im Allgemeinen und dann im Besonderen. Das Besondere war, dass sie ihres gefunden hatte, und zwar über meinen Körper. Endlich hatte sie alles, was sie wollte: eine angenehme Klasse und eine tolle Familie. Und weil das tausendmal schöner ist als der ganze Stress, den sie mit der 9a und Mattuschek hatte, wollte sie ihn nun doch nicht wieder zurückgeben. Meinen Körper, meine ich. Während sie das sagte, hat sie so einen merkwürdig glasigen Blick bekommen.

Erst hab ich gedacht, die Lunte braucht Dr. Psycho noch viel dringender als ihr Nachbar, sonst dreht sie am Ende so doll ab, dass sie tot umfällt, und das war's dann mit dem guten alten Tobias. Aber dann hab ich gerafft, dass Dr. Psycho überhaupt nichts bringt: Der glasige Blick, den die Lunte hatte, kam nämlich von den Freudentränen, die sie rausdrückte, und zwar über ihr tolles neues Leben.

Mich hat der Schlag getroffen. Zum dritten Mal in meinem Leben. Die Lunte hat ausnahmsweise ernst gemeint, was sie sagte, und zwar hundertprozentig.

Sie wollte mir mein Leben klauen!!!

!!!!!!!!!VERRAT!!!!!!!!!!!

Habt ihr's kapiert? Die Lunte wollte es sich kuschelig in meinem Leben machen. Während ***ich*** auf Bäumen oder

Mädchenklos rumsitze und von Mattuschek gejagt werde und Malfoy. Und wenn's gut läuft, darf ich mit der Schrulle ins Gruselkabinett.

Ich war so was von außer mir, dass ich gar nicht bemerkt hatte, dass wir längst am Ziel angekommen waren. Die Lunte hat sich entschuldigt, mir noch glatt alles Gute gewünscht und dann ist sie – *zack!* – ohne einen Blick in den Rückspiegel einfach im Haus verschwunden, in *meinem* Zuhause! Mich hat sie einfach stehen gelassen, draußen vor der Tür. Als die dann gleich wieder aufging, dachte ich, die Lunte hat es sich überlegt. Sie hat doch so was wie ein Gewissen. Stattdessen kam Mama mit einem Mülleimer raus. Sie war total überrascht, mich zu sehen. Ich wäre ihr am liebsten um den Hals gefallen, aber dann hat sie mir die Hand gegeben und gefragt, ob es Probleme mit ihrem Sohn Tobias gibt. Und da war klar, dass sie mich für die Lunte hielt. Bei jedem anderen wäre das okay, auch wenn die Lunte sonst nicht so viele Karos trägt. Aber eine Mutter muss doch ihren eigenen Sohn erkennen! Am Lächeln, am Charakter oder wenigstens am Geruch! Denkste! Für ein paar Minuten den Körper vertauscht und schon bist du abgeschrieben, so sieht's aus.

Ich hab Mama gesagt, dass es sogar gletschergroße Probleme mit ihrem Sohn gibt, dass die aber nicht von alleine schmelzen, und dass ich sie deswegen unbedingt sprechen muss. Ich sag euch, da hat sie mich sofort reingelassen. Sie hat sich ein bisschen gewundert, dass ich von alleine die Küche angesteuert habe, obwohl ich zum ersten Mal in der Wohnung war. Da musste ich ihr schnell eine Geschichte auftischen (in der Küche, wie passend), nämlich, dass Olli für mich netterweise ein bisschen gegoogelt hat, weil man im Internet neben Freunden auch Lagepläne für die Hausnummer zehn finden kann. Da hat meine Mutter ganz erschrocken geguckt. Ich hab das Thema schnell zugeschnürt und weggekickt, bevor sie Papa davon erzählt. Dann geht nämlich die Post ab, und niemand interessiert sich mehr für mich.

Ich hab mich gleich auf meinen schönen Platz am Fenster gesetzt, mit dem Blick auf den Bolzplatz und mit den Spurrillen in der Tischkante, an denen ich so lange gearbeitet hatte. Mama hat mir einen Kaffee vor die Nase gestellt und ist dann Papa holen gegangen. Der Kaffee hat zwar gut gerochen, aber geschmeckt wie ein Iltis auf Brautschau. Kein Wunder, dass Erwachsene morgens so mies drauf sind.

Ich war ganz aufgeregt, als Mama mit Papa zurückkam, und musste mich am Stuhl einhaken, um nicht auf Papas

Schoß zu springen. Denn dann hätte er vielleicht Herrn Pustekuchen und die Polizei gerufen, oder Mama hätte sich von ihm getrennt. Die beiden haben mich so besorgt angeguckt wie damals, als ich von der Dachrinne gefallen bin. Nur dass sie damals nicht gefragt haben, was ihr Sohn angestellt hat.

Wenn ich ihnen gesagt hätte, was wirklich Sache ist, nämlich, dass Frau Lunte eine Verräterin ist, die meinen Körper geklaut hat und nicht mehr zurückgeben will, dann wären die doch umgekippt. Das konnte ich mir also knicken. Von Mama hab ich gelernt, dass man eine Frage auch mit einer Gegenfrage beantworten kann, wie beim Duell. Deswegen hab ich gleich wild drauflos geschossen: Ob ihnen an Tobias irgendetwas Merkwürdiges aufgefallen ist? Zett bee, dass er plötzlich den Ball nicht mehr trifft, der größte Langweiler aller Zeiten geworden ist oder nervös vor sich hinzuckt.

Meine Eltern haben sich angeguckt und dann wieder mich, und dann haben sie den Kopf geschüttelt. Weil das nicht sein konnte, habe ich gesagt, dass sie zu mir ganz ehrlich sein müssen. Ich hab darauf bestanden, dass sie die Hände auf den Tisch legen, damit ich ihre Finger sehe. Nur für alle Fälle, damit sie nicht tricksen und ihre Finger kreuzen.

Als ich sah, dass die Lunte ihre neugierige Nase durch die

Tür gesteckt hat, bin ich aufgesprungen und hab ihr geflüstert, dass sie die Biege machen soll. Dabei ist die Tür total aus Versehen gegen ihre Nase gerutscht. Die Lunte hat gleich eine Riesensache draus gemacht, so als wäre ihr Zinken abgebrochen und in den Gulli gefallen. Obwohl es ja mein Gesicht war. Meine Mutter hat die Lunte getröstet, und mein Vater hat gesagt, dass sie keine Geheimnisse vor ihrem Sohn haben. Und dann durfte sich diese Verräterin von Lunte neben *meine* Eltern setzen, während *ich* den ganzen Tisch zwischen uns hatte. Ist das nicht ungerecht?!!

Weil mir nichts anderes übrig blieb, hab ich meine Eltern im Beisein der Lunte gefragt: Ob ihr Sohn sich in den letzten Tagen gruselig verändert hat – so sehr, dass sie ihn am liebsten umtauschen würden? Und wisst ihr, was passiert ist: Sie haben die Lunte angelächelt und gesagt, dass sie im Gegenteil total begeistert sind. Sie waren stolz wie Bolle, weil ihr Sohn gerade einen ganz tollen Schub gemacht hat: Er übe fleißig, mache seine Hausaufgaben ohne Gemecker und habe ganz viel dazugelernt. Vor allem in Chemie, da sei er richtig weit gekommen. Und dann haben meine Eltern ein Scheibchen Lob für mich abgeschnitten, nämlich, dass *ich* mir das auf die Fahnen schreiben könne, weil mein Chemieunterricht so gut sei.

Mir ist die Kinnlade in der Luft hängen geblieben. Nicht weil das mit dem Chemieunterricht eine glatte Lüge ist, sondern wegen der Schwerkraft, die Luntes Schub bei mir ausgelöst hat.

Die Lunte schleimte sich bei meinen Eltern ein! Auf meine Kosten!!!

Dabei würde sie nicht einmal einen einfachen Salto hinkriegen, ohne sich das Genick zu brechen. Und meine Eltern hätten dann den Salat und müssten das ganze Geld für die Beerdigung ausgeben. Am liebsten hätte ich die Lunte an ihrer Nase über den Tisch gezogen und ihr meine Meinung gegeigt.

Stattdessen hab ich meinen Eltern gesteckt, dass wir dringend unter sechs Augen sprechen müssen, also ohne die von ihrem Sohn. Und dass er sowieso noch eine Strafarbeit zu erledigen hat: die letzten beiden Kapitel aus dem Chemiebuch abzuschreiben, in Schönschrift versteht sich. Da hat mein Vater die Lunte endlich weggeschickt, und ich hatte freies Feld. Ich hab meinen Eltern erzählt, dass ihr Sohn in einer superschwierigen Phase steckt, Alarmstufe rot, und dass es bei ihm nur an der Oberfläche glitzert. In der Kanalisation weiter unten, da würde sich ein einziges Geschmodder breitmachen, das man aufhalten muss. Unbedingt. Und da helfen nur die allerstrengsten Regeln.

Meine Eltern haben ganz erschrocken geguckt, und meine Mutter hat gefragt, um was es denn geht, weil sie ja Psychologin sei und in ihrem Leben schon ganz viel Geschmodder gesehen hat.

Daran hatte ich gar nicht gedacht. Da bei Mama der Trick mit den Gegenfragen nicht funktioniert, musste ich tiefer in die Trickkiste greifen. Ich hab ihr erzählt, dass alles noch viel komplizierter ist. Da helfe nicht mal Psychologie, sondern nur eine ganz neue Wissenschaft, und dass wirklich keiner etwas davon wissen darf. Tobias am wenigsten, sonst muss er die Schule wechseln. Wegen des Schweigegelübdes und so.

Mein Vater hat die einzig richtige Frage gestellt, nämlich, was sie als Eltern machen können. 'ne ganze Menge, hab ich gesagt. Sie sollen darauf achten, dass ihr Sohn aufräumt. Nicht nur in seiner Rübe, sondern auch drum herum. Das sei megawichtig. Er soll sein Zimmer tipptopp in Ordnung bringen, nicht nur die Comicsammlung. Die Dachkammer auch, das hätte er schon vor Monaten tun sollen. Rasenmähen und Unkraut zupfen sei genauso wichtig, auch wegen der frischen Luft. Und täglich Geschirr abwaschen und abtrocknen. Nicht zu vergessen: Zähne putzen fünf Mal am Tag. Alles muss kontrolliert werden. Und außerdem braucht Tobias viel Schlaf. Spätestens um halb acht muss Schicht im Schacht sein – wegen der Schule!

Nachdem ich fertig war, musste ich erst mal Luft holen, weil ich ohne Pause gesprochen hatte, wie in alten Zeiten. Meine Eltern haben nix gesagt, nur supererstaunt geguckt. Aber dann haben sie versprochen, sich an alles zu halten. Ohne Ausnahme. Und auch sofort nach den Strafarbeiten damit anzufangen. Eigentlich hätte ich mich freuen müssen, weil meine Eltern sonst nicht so schnell auf mich hören, wenn es um gute Tipps geht, und außerdem, weil die Lunte ihre verdiente Abreibung bekam. Aber als mir meine Eltern an der Tür zum Abschied die Hand gaben, ist mein Herz in die Kniekehlen gesackt und blieb da 'ne Weile auch sitzen. Ich wär nämlich echt gern noch ein bisschen bei meinen Eltern geblieben, mir ist nur kein Grund mehr eingefallen. Selbst über Gott und die Welt hätte ich geplaudert, wenn ich dafür noch ein Stündchen hätte bleiben können.

Als ich zur Tür rauskam, wär ich fast meinem Bruder über den Weg gelaufen. Der stand hinter der Hecke und knutschte mit seiner Freundin. Ich bin weggerannt. Nicht, weil Till es nicht abkann, wenn ich ihm beim Knutschen zusehe, sondern weil ich nicht wollte, dass er meine glänzenden Augen sieht.

Zwölf

Statt zur Wohnung der Lunte zu laufen, bin ich lieber zur Pommesbude. Dort habe ich meinen Kummer in Ketchup ertränkt. Ein paar Pommes waren auch dabei. Ich hab Justus, Hugo und Olli zusammengetrommelt, weil die unbedingt von meinem neuen Problem erfahren mussten. Das war nämlich noch viel fetter als die Pommes. Hannah hätte ich auch gern dabeigehabt, aber ich hab mich nicht getraut, sie anzufunken. Musste ich dann auch gar nicht. Denn Hannah kam von selbst vorbeigeschwebt, diesmal Gott sei Dank ohne die LaLeLu-Sisters, sonst hätte ich wieder ohne Ende Autogramme schreiben dürfen. Zufälligerweise war die Pommesbude auch Hannahs Lieblingspommesbude. Sie hat gleich gefragt, wie es mit der Lunte gelaufen ist. Ich hab alles aufgedeckt – bis auf meine glasigen Augen. Die habe ich ausgelassen.

Justus, Hugo und Olli sind fast vom Stuhl gekippt, als sie erfahren haben, was die Lunte vorhatte: sich für immer in meinem Körper häuslich einzurichten. Hannah hat den Kopf geschüttelt, und Justus hat gesagt, ich soll sie anzeigen, weil das Diebstahl ist. Natürlich nicht Hannah, sondern die Lunte, denn Hannah hatte ja nichts geklaut. Hugo fand die Idee bescheuert, denn um das zu beweisen, hätten Justus, Olli und er als Zeugen für mich aussagen müssen und alle unsere Geschichten beichten, und zwar unter Eid – auch die mit dem Kammerjäger. Justus hat vor Schreck eine Pommes verschluckt. Das wollte er auf keinen Fall! Ständig mit einem Freund rumziehen, der aussieht wie seine Lehrerin, wollte er aber genauso wenig. Selbst wenn man mit mir als Lunte tolle Sachen machen darf, die sonst nicht erlaubt sind. Hugo hat genickt wie ein Wackelhund. Olli war der Einzige, den das nicht gestört hat, wie ich rumlaufe, weil er sowieso fast nur auf meine Schuhe guckt, und die fand er zu groß, aber okay. Hauptsache, Turnschuhe.

Hugo hat das Problem dann wie eine seiner Rechenaufgaben angepackt, also richtig logisch: Wenn die Lunte dazu gebracht werden soll, wieder Lunte zu sein, dann gab es nur eine Lösung: ihr das Leben als Tobias so madig zu machen wie möglich. Normalerweise wäre das eine super Idee gewesen, aber ich wusste, dass es schon zwei Würmer namens Malfoy und Mat-

tuschek gab, die ihr das Lunte-Leben extrem madig gemacht hatten. Und die konnte man nicht toppen.

Hannah hat die ganze Zeit keinen Ton gesagt, dafür hat ihr Körper gesprochen, vor allem ihre Stirn. Die warf jede Menge Falten. Nicht so schroffe Spalten wie bei der Schrulle, sondern sanfte Wellen wie am Sandstrand. Ich hab gewartet, ob sie etwas herausspülen, zett bee einen Gedanken. Selbst Mitleid wär okay gewesen.

Hannah hatte sogar eine Idee. So wie Hugo, nur andersherum. Luntes eigenes Leben muss zum Paradies werden, hat sie vorgeschlagen. Dann braucht die Lunte es nicht woanders zu suchen und will zurück in ihren Körper. Alles, was wir zu tun hätten, ist aus der grauen Maus eine coole Braut zu machen.

Wie das bei der Lunte klappen soll, war mir zwar ein Rätsel, aber trotzdem: Auf so was muss man erst mal kommen! Selbst Hugo hat große Augen gemacht, dabei war Hannahs Idee genauso logisch wie seine, also auch irgendwie mathematisch. Hugo wär da trotzdem nie draufgekommen, vielleicht, weil er nichts vom Paradies versteht. Er glaubt nicht an Gott, nicht mal an den Heiligen Geist, weil der nicht berechenbar ist.

Dass das Paradies bei der Lunte als Köder super funktioniert, wusste ich sofort. Leider sind mir zwei richtig dicke Hinkebeine aufgefallen: Malfoy und Mattuschek. Egal was wir mit der Lunte anstellen, die beiden würden aus jedem Paradies in null Komma nichts eine Hölle machen. Und die ist kein Stück verlockend.

Hannah hat nicht aufgegeben. Sie hat gesagt, ich muss die beiden richtig auf den Topf setzen, dann ist Ruhe im Karton. Das Bild hat mir zwar gut gefallen, aber da war schon das dritte Hinkebein. So eine Nummer ist gar nicht so leicht, wenn man einen Kopf kleiner ist. Das geht garantiert in die Hose, und am Ende ist man auch noch um einen Kopf kürzer. Hannah hat nur gegrinst. Nicht, weil sie sich lustig gemacht hat, sondern weil sie der Meinung war, dass ich das schaffe, aber so was von! Selbst ohne Kopf. Da musste ich ihr einfach glauben. Denn Hannah sagt immer die Wahrheit, selbst wenn sie sie weglässt.

Wir haben dann wie beim Fußball eine Spielstrategie entwickelt, um die Lunte in den Himmel zu heben. Justus war der Trainer und hat den Plan erstellt. Hugo der Schiedsrichter, damit niemand außer mir trickst. Hannah die Sanitäterin, falls der Kopf wieder angenäht werden muss. Olli das Maskottchen, um mir Glück zu bringen. Und ich der Stürmer, um die Bälle einzutüten. Olli hat erst protestiert, weil er mitstürmen wollte, bis er kapiert hat, dass wir nicht mit echten Bällen spielen und dass er sich dann auch an der Topfaktion beteiligen muss. Aus Angst um sein Handy ist er dann doch lieber beim Maskottchen geblieben. Zusammen haben wir eine Liste der wichtigsten Spielzüge zusammengehämmert – unsere neue Lunte-Taktik:

1. coole Frisur
2. coole Klamotten
3. coole Show

Damit wir uns nicht verheddern, haben wir ganz oben angefangen, mit Punkt 1. Hannah hat nicht lange gefackelt, sondern mich in den Friseurladen ihrer Mutter geschleppt. Die hat erst meine Haare in die Hand genommen und drin rumgewühlt, als wollte sie ein Vogelnest bauen. Dann hat sie sich hinter mich gestellt und sich im Spiegel angeschaut, obwohl sie das den ganzen Tag machen kann. Dabei hat sie tausend Vorschläge gemacht, und ich hab tausendmal mit den Schultern gezuckt. Ein Vorschlag hätte echt gereicht. Nach kurzer Beratung mit Hannah hat ihre Mutter dann ganz plötzlich ihre Werkzeuge ausgepackt und losgelegt. Das ging wie im

Zeitraffer. Sie hat mir eine neue Turbofrisur verpasst, dass die Scheren, Messer und Säbel nur so durch die Luft geflogen sind. Mir ist schon vom Zugucken schlecht geworden, aber am Ende waren meine Ohren alle noch dran. Danach wollte Hannahs Mutter unbedingt noch ein bisschen mit Farbe in meinen Haaren rumpanschen. Das dauerte so lang, dass ich vor Müdigkeit irgendwann eingeratzt bin. Als ich die Augen wieder öffnete, bin ich fast vom Stuhl gefallen, weil ich geleuchtet habe wie eine Christbaumkugel. Nicht nur meine Haare, sondern auch meine Augen. Keine Ahnung, wie Hannahs Mutter das hingekriegt hat, aber Hannah und sie waren voll zufrieden. Ich also auch.

Geld wollte ihre Mutter keines für ihre Arbeit haben, weil Familie und Freunde bei ihr alle Frisuren umsonst bekommen, sogar die, die einem gefallen. Ich hab nur darauf gewartet, dass Hannah ihrer Mutter verrät, was wirklich Sache ist: dass wir nur ein Team waren, weil wir an meiner Zukunft bastelten, und dass wir erst seit zwei Tagen richtig miteinander redeten. Denn das bisschen vorher in der Schule – das gilt ja nicht. Aber Hannah hat ihrer Mutter nur einen Kuss auf die Wange gegeben und ist mit mir wieder zu den anderen abgezischt.

Olli hat von mir ein Handyfoto gemacht. Ich hab gedacht, er will eine Erinnerung von mir haben, und zwar eine mit Kopf. Aber er brauchte das Ganze für eine Styling-App, die er aus den Tiefen des Internets gefischt hatte. Er wollte meinen neuen Kopf mit immer neuen Klamotten kombinieren, auch wenn da am Anfang ganz komische Sachen rausgekommen sind. Zett bee ein Elefant mit Entenfüßen. Aber als Olli seine Suche auf Menschen und Mode eingegrenzt hatte, fluppte es richtig. Da sind wir einmal durch die ganze Kleiderkammer gedüst, ohne dass ich etwas anprobieren musste. Trotzdem war es so langweilig, dass ich gleich wieder eingeratzt bin, genauso wie Justus und Hugo, weil wir von der langen Nacht alle so müde waren. Erst als Hannah irgendwann »Das ist es!« gerufen hat, sind wir wieder aufgewacht und haben uns das Ergebnis angeguckt.

Mit dem sind wir dann zu Hugos großer Schwester, weil die später mal Modedesignerin werden will und die coolsten Outfits der ganzen Stadt gebunkert hat. Damit Hugos Eltern nicht vom Fernsehsessel fallen, wenn sie die Lehrerin ihres Sohnes sehen, hat Hugo mich heimlich in die Wohnung geschleust. Vorher hatte Olli Hugos Schwester per SMS aus der Wohnung gelockt. Ihr wisst schon: um freie Bahn zu ihrem Kleiderschrank zu haben. Das war trotzdem kein Stück leicht, weil wir uns durch einen dichten Klamottendschungel kämpfen mussten. Ohne Macheten versteht sich. Wäre Hannah nicht gewesen, wären wir in dem Dickicht verratzt. Sie hat wie eine Lottofee ein paarmal in die Stapel gegriffen und schwupps, hatte sie sechs zusammen. Keine Lottokugeln, sondern Kleidungsstücke. Aber das *Tollste* darunter war ein Fußballtrikot, das aus allen Trikots der ersten Bundesliga bestand. Ich musste Hugo auf sein Mathebuch schwören, supergut drauf aufzupassen, weil seine Schwester es aus Originaltrikots zusammengenäht hatte. Mit eigenen Händen und dem Schweiß aller Fußballspieler. Also irgendwie auch zusammengeschweißt. Jedenfalls: Für so ein Einzelstück kann man umgebracht werden. Ich fand zwar, Turnschuhe hätten besser zu dem Trikot gepasst als die schwarzen Stiefel, die Hannah mir gegeben hat. Und eine Jeans besser als der Rock mit den schwarzen Strumpfhosen, aber Hannah sagte, es geht um die Lunte und nur um die Lunte. Und die braucht Stiefel, Rock und Strumpfhosen. Und leider auch eine Handtasche. Dabei wären Hosentaschen tausendmal praktischer gewesen.

Vom Umziehen erzähle ich lieber nichts, das ist bei der Lunte sowieso jedes Mal peinlich hoch zehn. Von den bescheuerten Strumpfhosen habe ich fünf geschreddert. Das ging schneller, als sie anzuziehen. Die braucht man nämlich nur anzugucken, da kriegen die schon Löcher. Deswegen eignen sie sich so super als Bankräuber-Maske: einfach über den Kopf ziehen, Augen auf – ratsch! – und fertig.

Die Klamotten von Herrn Brand habe ich unten in den Kleiderstapel gestopft, damit Hugos Schwester nicht gleich merkt, dass der gesunken ist. Auf das Geschminke am Ende hätte ich supergern verzichtet, aber Hannah hat darauf bestanden. Wegen der Taktik. Als ich fertig war und das Ergebnis im Spiegel gesehen hab, musste ich ihr recht geben: Die olle Lunte war wie ausradiert. Stattdessen stand da der coole Wahnsinn auf zwei Beinen, und das lag nicht *nur* am Fußballtrikot. Ich hab den Spiegel vorsichtshalber umgedreht, ob da nicht doch noch Hugos Schwester steht, aber da war nur Olli, der diesmal vor sich hinratzte.

Hannah hat den Daumen nach oben gehalten und Justus hat es umgehauen. Nicht in echt. Da hat er sich nur seine Augen gerieben und dann vorsichtshalber auch noch die Brille, weil er nicht glauben konnte, was er sah. Danach konnte er zwar gar nichts mehr sehen, aber dafür hatte er Zeit, sich von Luntes neuem Anblick zu erholen. Hugo war fast ein bisschen stolz auf seine Schwester, obwohl die keine Zahl von einer anderen unterscheiden kann. Immerhin hat sie geholfen, aus der Lunte einen richtigen Menschen zu machen. Da sie als Einzige nichts davon wusste und Hugo Angst hatte, dass sie jeden Moment zurückkommt, hat er Olli einen Wecker ans Ohr gehalten. Der reichte zwar nicht an einen Presslufthammer ran, aber Olli ist trotzdem wach geworden. Dann hat Hugo uns alle mit einem Besen nach draußen gescheucht.

Auf der Treppe ist ihm noch was eingefallen. Er hat mich gefragt, ob ich auf der Zeugniskonferenz ein gutes Wort für ihn einlegen könnte. Bei der Jacoby, unserer Religionslehrerin. Die will einfach nicht glauben, dass *sie* schuld ist, dass *er* nicht glauben kann. Dabei bräuchte Hugo einfach nur eine Rechenanweisung für die Bibel: so was wie Glauben nach Zahlen. Oder eine Formel, mit der man den Glauben in eine andere Währung umrechnen kann. Bei der Jacoby ist es genau andersherum. Die kennt nur Zahlen, die in der Bibel etwas bedeuten, zett bee die Heiligen Drei Könige oder die zwölf Apostel. Deswegen gibt sie Religion und nicht Mathe, und deshalb kommen die beiden einfach nicht miteinander klar.

Die Konferenz! Ich sag euch: Die hatte ich glatt vergessen! Allein bei dem Gedanken ist mir schon schlecht geworden.

Am liebsten hätte ich mich an Hugo vorbei zurück in die Wohnung geschmuggelt, unter einem Kleiderstapel vergraben und den Winter abgewartet. Aber dann hätte niemand das tolle Trikot gesehen, und das war megawichtig für unseren Lunte-Plan. Also hab ich Hugo versprochen, mich um Frau Jacoby zu kümmern und bin Richtung Schule abgedüst. Wenigstens war ich dort vor Malfoy sicher, denn: wo kein Unterricht, da auch keine 9a.

Denkste! Wem bin ich auf dem Weg zum Lehrerzimmer fast in die Arme gerannt? Malfoy und seinen zwei Kumpels, super, was? Und das ist ironisch gemeint. Das heißt, ich mein genau das Gegenteil von super, also: Blöder geht's nicht. Die drei haben eines ihrer Graffitis von der Flurwand gekratzt. Zumindest haben sie so getan, solange Kowalski neben ihnen stand, also ganze drei Minuten. Ich weiß das so genau, weil mich wieder mal die Paralyse befallen hat, so richtig fies von der Seite, und die hat genauso lange gedauert. Als Malfoy sich zu mir umdrehte, habe ich es gerade noch um die Ecke ins Jungenklo geschafft. Das war näher als das Mädchenklo. Ich hab nicht lange rumgesucht, welches der Klos das sauberste ist, sondern bin gleich in die erste Kabine gestürmt und auf den Hochsitz rauf.

Als die Tür zum Vorraum aufging, hab ich furchtbare Stimmen gehört: die von Malfoy und Co. Konnten die nicht ausnahmsweise mal das Mädchenklo nehmen? Und wisst ihr was: Sie haben über *mich* gesprochen! Das einzig Gute daran war, dass sie nicht wussten, wo ich war. Denn hätten sie es gewusst, hätten sie nicht über mich gesprochen. Jedenfalls nicht so peinliche Sachen. Sie hatten mich nämlich draußen auf dem Flur vorbeihuschen sehen. Und ob ihr's glaubt oder nicht: Malfoys Kumpels haben gesagt, dass die Lunte auf einmal rattenscharf ausgesehen hat, wie 'ne coole Motorbraut auf dem Laufsteg. Und solche Raritäten haben Artenschutz. Das war der erste gute Satz, den ich von denen gehört hab. Aber Malfoy ist so explodiert, dass die Druckwelle mich fast ins Klo gerissen hätte. Ich musste meine Tasche fallen lassen, um mich an den Seitenwänden abzustützen. Malfoy hat anscheinend nichts davon mitbekommen, sondern nur gesagt, dass das ein Scheißargument ist. Und dass die Lunte ja wohl noch eine Abreibung verdient für die schlechte Note, die er in seiner Arbeit geschrieben hat. Und für alles sonst. *Das* Argument war natürlich überzeugend. Deshalb haben die anderen nichts mehr gesagt, außer is-ja-gut-Gregor. So heißt Malfoy anscheinend in echt. Obwohl das gar nicht gefährlich klingt.

Ich hab meine beiden Hörgeräte ausgefahren und gehorcht, ob im Vorraum die Tür klappt. Das wär nämlich ein super Zeichen gewesen, dass alle wieder weg sind und ich runterklettern kann. Aber doppeldenkste. Denn Malfoy ist nicht raus, sondern rein. Er hat die Tür meiner Nebenkabine aufgestoßen und wieder zugeknallt, dass alle Kabinen gezittert haben. Ich auch. Nur dass ich noch ein großes Nachzittern hatte. Ich hab gehofft, dass Malfoy nebenan mein Herz nicht hört, denn das hat so laut getuckert wie ein Außenbordmotor. Und der hat in einem Klo nichts zu suchen, zumindest so tief im Landesinnern. Aber Malfoy hat einfach nur die Spülung gezogen und ist wieder raus, und zwar durch beide Türen, auch die ganz nach draußen. Seine Kumpels hat er mitgenommen. Und soll ich euch was verraten: Er hat sich *nicht* die Hände gewaschen. Das hat mir echt zu denken gegeben. Mir hätte aber lieber etwas anderes zu denken geben sollen: nämlich dass die vier kein Wort mehr miteinander gesprochen haben, bis sie draußen waren. Ich meine richtig draußen. Und die blöde Tasche, die hätte ich auf keinen Fall in der Kabine vergessen dürfen!!!! Aber wie war das noch: Vorher ist man immer dümmer.

Dreizehn

Natürlich kam ich danach zu spät ins Lehrerzimmer. Alle Quälgeister, die die Schule sonst noch anzubieten hat, waren schon versammelt. Und natürlich war der einzige Platz, der frei war, ausgerechnet der neben meinem Lieblingslehrer: Herrn Mattuschek. Als ich das gesehen hab, wäre ich gern mit Rückschubgeschwindigkeit aus der Gefahrenzone geflohen, und zwar im Tarnkappenmodus. Normalerweise kann das niemand so gut wie die Lunte. Aber als ich in der Tür stand, starrten mich alle an wie einen Alien. Ausnahmsweise schienen sie mir superfreundlich gesinnt zu sein, vor allem die Lehrer, aber so was von! Null Strafe wegen der Verspätung, obwohl ich Herrn Reus bei seiner Rede unterbrochen hatte. Vielleicht aber auch gerade deswegen. Denn wenn Herr Reus spricht, sind alle froh, wenn er vorm Klingeln wieder fertig wird.

Die Schrulle ist aufgestanden, zu mir gekommen und hat mich mit ihrem Blick geröntgt. Dann hat sie sich zu den anderen umgedreht und gesagt, dass ich es wirklich bin, also die Frau Lunte, und da ging ein Raunen durch die Menge und Herrn Mattuscheks Nase ist rot angeschwollen. Da erst habe ich kapiert, dass die vorher alle nicht genau gewusst haben, wer da zur Tür hereingeschneit war. Der Weihnachtsmann konnte es ja nicht gewesen sein, der trägt kein Trikot.

Herr Pustekuchen freute sich, dass ich gekommen bin. Wahrscheinlich hat er nach meinem Unterricht in der 9a gar nicht mehr damit gerechnet, mich lebend wiederzusehen. Er wollte wissen, warum ich mich nicht setze. Ich musste aber nicht antworten, denn erst ist Herr Lorenz aufgestanden und zu mir gekommen, dann Herr Mörtel und dann alle anderen. Alle haben um die Wette gelächelt, mein T-Shirt bewundert und versucht, die Vereine zu raten. Mattuschek kam als Letzter, weil er meinen Platz bis zuletzt verteidigen wollte. Aber als es nichts mehr zu verteidigen gab, ist er aufgesprungen, hat sich durch die Menge gedrängelt und an mich rangeschoben, um sich die Details von Nahem anzugucken. Und ***dann*** hat er mir so nebenbei gruselige Sachen ins Ohr geflüstert: von wegen begehrenswerteste Frau der Welt und so. Gott sei Dank hat Frau Schrulle ihn mit ihrem spitzen Ellenbogen zur Seite geschoben. Als Verteidigerin würde sie eine echt gute Nummer machen.

Frau Jacoby stieß plötzlich einen spitzen Schrei aus, so einen, bei dem man einen Schreck kriegt. Ich dachte, sie stirbt und dass ich mit ihr dann nicht mehr über Hugo sprechen kann, obwohl ich es ihm versprochen habe. Aber dann hab ich gemerkt, dass es ein Freudenschrei war. Frau Jacoby hat aufgeregt auf eine Stelle an meinem Rücken gezeigt, weil sie das Trikot der Mannschaft von Vatikanstadt entdeckt hat. Die gehört zwar nicht zur Bundesliga, aber das war der Jacoby schnurzegal. Sie wollte unbedingt wissen, wo ich das Trikot herhabe. Handgenäht, hab ich geantwortet, und zwar von Hugo. Das mit seiner Schwester habe ich weggelassen, weil das ja niemand wissen durfte. Und ganz gelogen war es ja auch nicht – blieb sowieso in der Familie. Frau Jacoby konnte es nicht glauben, aber das kommt bei ihr komischerweise ja öfter vor. Jedenfalls hat sie zugegeben, dass sie sich ganz dicke in Hugo getäuscht haben muss. Und dann ist sie zu ihrem Platz geeilt, hat eine Zahl in ihrem Block durchgestrichen und neu hingeschrieben.

Als Herr Pustekuchen alle wieder an den Tisch zurückrief, habe ich einen Spurt eingelegt und mich einfach auf Mörtels Platz neben der Schrulle gepflanzt. Das war ganz einfach, weil ich nur der weißen Spur auf dem Boden folgen musste. Herr Mörtel hat sich, ohne zu meckern, neben Mattuschek gesetzt. Ich hab ihm die Daumen gedrückt, dass er seinem

Nachbarn ordentlich etwas von seinem Gebrösel spendet.

Herr Pustekuchen hat mich dann vor allen drangenommen, und ich hab gedacht, ich krieg jetzt doch noch 'ne Strafarbeit fürs Zuspätkommen. Aber der Direx wollte nur meine Noten wissen. Die hätte ich ihm auch gern verraten, aber ich hatte mein Zeugnis noch nicht. Das hätte er eigentlich wissen müssen. Hellsehen kann ich auch nicht, und das hab ich ihm auch gesagt. Da haben alle gelacht, bis auf die Schrulle. Herr Pustekuchen war richtig gut gelaunt, er hat gefragt, ob ich bei meinen Schülern besser Bescheid wisse. Erst da habe ich gerafft, dass er die Klassennoten meint. Ich hab dann allen einfach eine Zwei verpasst, selbst Basti, obwohl der eine furchtbare Nervensäge ist. Das war supereinfach, keiner hat Veto eingelegt. Nur die Schrulle hat vor sich hingegruftelt, dass sie nicht an Wunder glaubt. Aber die zählt nicht. Wenn die nichts zu grufteln hat, ist die unglücklich.

Vom Rest der Konferenz habe ich nicht viel mitbekommen, weil mich Mattuschek so nervös gemacht hat. Er hat mir alle zwei Minuten zugezwinkert und verstohlen Zeichen gegeben, dass er mich hinterher noch sprechen will. Ich hab so getan, als würde ich von meinen beiden Augen keins für ihn übrig haben, weil ich gerade dringend meine Handtasche aufräumen muss. So was hab ich zwar noch nie im Leben gemacht, aber ich hab gehofft, dass es keiner merkt. Komischerweise sah die Tasche anders aus, als ich sie in Erinnerung hatte, viel dunkler. Und innen hat es sich glitschig angefühlt wie in einer Tropfsteinhöhle. Ich war mir sicher, das ist mein Angstschweiß, aber dann hat die alte Schrulle mir die Tasche aus der Hand gerissen und mich angeguckt wie einen Schwerverbrecher. Da war klar: Die tragbare Höhle gehörte nicht mir, sondern ihr. Ich wollte gar nicht wissen, was sie damit alles so herumtransportierte. Im besten Falle nur Lebendiges. Aber noch was war klar: Meine Tasche musste irgendwo anders liegen. Mit Schlüsseln, Lunte-Plan und allem Drum und Dran! Mir kam ein schrecklicher Gedanke, wo sie abgeblieben sein könnte: auf dem Jungenklo. Ausgerechnet.

Kaum war Mattuschek mit seinen Noten an der Reihe, hab ich mich aus dem Raum hinausgeschlichen und bin zu den Klos gedüst. Das hat keine Minute gedauert. Solange Malfoy nicht in Sicht war, konnte mir nichts passieren, hab ich mir eingeredet. Aber als ich in der Kabine nachgeguckt hab, war was anderes Schlimmes passiert: Die Tasche war futsch, und zwar so was von. Dabei hab ich überall nachgeguckt, sogar in der Kloschüssel. Da konnte nur Kowalski hinterstecken. Der war zwar nicht fürs Klo zuständig, aber für Fundsachen. Die sammelt er ein und hortet sie in einem Raum hinter seinem Bunker, aber weil keiner Lust auf seine Witze hat, wird nie etwas abgeholt. Inzwischen ist der Berg so hoch, dass man Probebohrungen machen muss, um was zu finden.

Vor lauter Grübeln, wie ich an Kowalski vorbei an meine Tasche komme, hab ich auf dem Weg zu seinem Bunker das Wichtigste vergessen: meine Deckung. War ja klar, was passiert. Ich sag nur: Malfoy! Natürlich bin ich ihm und seinen Kumpels in die Fahrrinne gelaufen, trotz Vollbremsung. Wer so einen Schock einmal erlebt, der weiß, dass das Gehirn danach nur auf Schongang wäscht. Sonst hätte ich mich nie im Leben von Malfoy austricksen lassen. Denn ob ihr's glaubt oder nicht: Malfoy ist seelenruhig an mir vorbeigeschlendert und hat gesagt, dass Kowalski mich sucht, weil meine Handtasche im Chemieraum liegt. Seine Kumpels haben mir hinterhergeguckt, als würden sie gern mal mein tolles Trikot anfassen.

Ich hab null Ahnung gehabt, wie die Tasche da hingekommen ist, aber statt darüber nachzudenken, hab ich mich von

Malfoys Gezirpe aus der Spur bringen lassen. Wenn der so nett war, konnte das nur eins bedeuten: Unser Lunte-Plan ging auf. Zumindest bei Malfoy. Aber denkste.

Als ich beim Chemieraum ankam, stand die Tür offen, und meine Tasche lag dick und fett in dem großen Abzug drin. Ihr wisst schon: dieser gläserne Schutzkasten, in dem die Lehrer die wirklich spannenden Experimente vorführen können, ohne dass hinterher alle ins Krankenhaus müssen.

Ein klarer Fall von Kowalski, hab ich gedacht. So ein blöder Scherz konnte nur auf sein Konto gehen. Da ich ihm nicht begegnen wollte, bin ich schnell hin und hab die Glastür vom Abzug aufgerissen, dummerweise ohne vorher reinzugucken. Sonst hätte ich gesehen, dass in meiner Tasche etwas drinstand, was da nicht hingehörte. Das war der größte Fehler meines Lebens, abgesehen von meinem Experiment mit dem Lunte-Haar natürlich. Denn im gleichen Moment explodierte etwas in meiner Tasche und eine schleimig grüne Masse spritzte wie eine Fontäne heraus. Den Rest könnt ihr euch denken.

Als ich mit dem Rest meiner Tasche und vom Kopf bis zum Gürtel voll mit dem klebrigen Zeug aus dem Chemieraum wankte, stand Malfoy mit seiner Truppe vor der Tür und lachte sich schlapp vor Schadenfreude. Gegen ihn ist Kowalski ein harmloses Frettchen! Da war natürlich alles klar: *Malfoy* hatte meine Tasche geklaut, wer sonst? Das mit Kowalski war alles erstunken und erlogen gewesen. Und ich bin darauf hereingefallen.

Vierzehn

Als Hugo mich sah, ist sein Gesicht vor Schreck so weiß geworden, dass er mit der Wand verschmolzen ist. Nicht wegen mir, sondern wegen der Klamotten seiner Schwester. Die ist nicht nur toll in Modedesign, sondern auch in Karate, müsst ihr wissen. Hugo musste sich erst mal selbst sammeln, bevor er wieder sein Gehirn einschalten konnte. Dann hat er mir einen Sack über den Kopf gestülpt und mich in Luntes Wohnung gebracht. Von dort aus haben wir die anderen angefunkt.

Während ich im Bad die Pampe abwusch, hat Hugo im Wohnzimmer für das Trikot eine Kerze aufgestellt und versuchsweise gebetet. Natürlich auch für mich. Vielleicht hat das geholfen, denn kurz darauf hat Herr Brand geklingelt. Als ich ihm aufgemacht hab, sind ihm wie immer erst mal alle Wörter im Hals stecken geblieben und die Augen aus dem Kopf gewachsen. Er hat nur »wauu« gesagt, dann stand er dumm rum. Ich hatte ganz vergessen, dass er manchmal Probleme hat. Und weil ich selbst gerade eine ganze Ladung davon hatte, hab ich ihn gleich mal gefragt, ob er in seiner Firma auch superwertvolle Stücke wie ein Trikot sauber kriegt. Weil, wenn nicht, dann hätte Hugo ganz schnell wegen seiner Schwester untertauchen müssen. Da hat sich Herr Brand zusammengerissen und kam herein. Erst hat er sich das gute Stück von allen Seiten angesehen, dann an dem getrockneten Glibber herumgekratzt und am Ende genickt. Er hat sogar versprochen eine Extraschicht einzulegen, damit ich es so schnell wie möglich wieder zurückbekomme. Da konnten Hugo und ich wirklich nicht Nein sagen. Vorsichtshalber hab ich gefragt, wo der Haken ist. Nicht, dass die Reinigung so teuer ist, dass wir als Bezahlung hinterher seine Firma schrubben müssen. Da hat er gefragt, ob er mich zum Essen einladen darf. Zu selbst gemachter Pizza. Sogar mit Ketchup, wenn ich will. Und dabei hat er ganz mutig geguckt – warum auch immer. Ein guter Geschäftsmann scheint er nicht zu sein. Sonst hätte er gesagt, dass ich *ihn* einladen muss. Aber das hab ich ihm natürlich nicht aufs Brot geschmiert. Normalerweise bin ich bei Einladungen vorsichtig, siehe Matuschek, aber bei Herrn Brand hab ich keine Gefahr gesehen. Den wird man jederzeit wieder los – wenn man überhaupt will. Denn eigentlich stört er kein Stück.

Kaum war Herr Brand mit dem Trikot weg, sind die anderen gekommen. Wir haben sofort mit der Katastrophensitzung losgelegt. Denn wenn eins mal klar ist: Bei Malfoy und Mattuschek hat unser Lunte-Plan nicht funktioniert, obwohl wir alles super durchdacht hatten. Irgendetwas fehlte, nur was?

Nachdem Olli im Internet keine Antwort gefunden hat, mussten wir selber nachdenken. Dabei sind wir so hungrig geworden, dass wir uns eine Pizza reinschieben mussten. Als die aufgegessen war, sind wir zwar immer noch hungrig gewesen, aber dafür wusste Hannah plötzlich, was bei Malfoy und Mattuschek gefehlt hat: Respekt! Und zwar jede Menge!! Das war ein super Gedanke, aber je länger ich ihn unter die Lupe gelegt habe, umso komplizierter wurde er. Man kann ja nicht einfach in den Laden gehen und ein Kilo Respekt kaufen. Und jemandem eins auf die Nase zu geben, der einen Kopf größer ist, macht nur kurz Spaß. Denn danach ist man selbst dran. Obwohl ich zugeben muss: Wer sich so was traut, fährt hundertprozentig Respekt ein, könnt ihr glauben! Justus hatte noch eine dritte Idee, und zwar das Schwimmfest am nächsten Tag: Wenn ich für die Lunte dort megamäßig Punkte einfahre, schlägt das ein wie eine Bombe, hat er gesagt. Das bringt tonnenweise Respekt.

Da musste ich Justus zwar recht geben, weil die Lunte im Wasser höchstens als Seepferdchen zu gebrauchen ist und ihr Ruf da jede Menge Nachholbedarf hat. Aber bei dem Gedanken, als halbnackte Lunte vor der ganzen Schule aufzutreten, habe ich das große Zittern bekommen. So was geht gar nicht, oder wenn, dann nur mit Ganzkörperkostüm und Maske! Das konnten alle verstehen, sogar Hannah, obwohl die im Schwimmbad *immer* im Badeanzug rumläuft. Aber die sieht dann ja auch nicht halbnackt aus, sondern einfach nur gut. Nicht wie die Lunte.

Hugo ist ganz unruhig geworden. Das wird er immer, wenn er ein Ei ausbrütet, kein normales, sondern im Kopf. Er hat sich zuerst nicht getraut, sich zu melden, wegen der Sache mit dem Trikot. Aber dann hat er es doch getan, weil es um meine Zukunft ging und genau genommen auch um unsere gemeinsame. Denn eins war klar: Wenn ich Malfoy und Mattuschek keinen Respekt beibringe, dann gibt die Lunte meinen Platz nicht wieder her und ich kann Weihnachten mit Luntes Teppich verbringen. Oder wenn's gut läuft mit Herrn Brand. Das war auch Hugo klar, deswegen hat er sich dann doch mit seinem Vorschlag gemeldet. Seine Schwester hatte nämlich zufällig ein Ganzkörperkostüm im Angebot: einen Neoprenanzug, den sie beim Surfen anzieht, nicht, wenn sie im Internet ist, sondern ganz normal im Meer. Und der hält jeden Blick ab.

So eine tolle Idee hatte Hugo noch nie gehabt, zumindest nicht ohne Textaufgabe. Er ist dann sofort nach Hause gedüst und hat heimlich den Neoprenanzug für mich besorgt. Und weil man unter dem Anzug Badeklamotten anziehen muss, hat er gleich noch einen Badeanzug seiner Schwester mitgehen lassen. Das Trikot wäre mir lieber gewesen, aber das hatte ja Luntes Nachbar in der Mangel. Wenigstens hat beim Probeanziehen in Luntes Bad alles geklappt – bis auf das Gefummel mit dem Badeanzug. Das enge Ding hat sich wie eine Python um meinen Hals gedreht und mich fast erwürgt. Ohne das Licht einer Taschenlampe hätte ich es nicht an den richtigen Platz bekommen. Keine Ahnung, wie die Frauen das hinkriegen. Vielleicht haben sie deshalb immer so große Taschen, damit sie immer Platz für 'ne Taschenlampe haben. Ich hab mir jedenfalls geschworen, nach dem Schwimmfest nie wieder so etwas anzuziehen. Das allein war Grund genug, die Lunte an mir unbedingt loszuwerden. Denn sonst hätte ich mir das mit dem Turmspringen und Schwimmen für alle Zeiten knicken können. Und das war das Schrecklichste, das ich mir vorstellen konnte.

Ich war so aufgeregt, dass meine Kumpels über Nacht bei mir geblieben sind. Über Hannah mussten wir erst einmal abstimmen, weil sie ja ein Mädchen ist. Aber ohne sie wären wir nie auf die Idee mit dem Lunte-Plan gekommen, und irgendwie gehörte sie inzwischen ein bisschen zu uns. Deswegen haben alle Ja gestimmt, und sie hat dann auch kein Stück gestört, nicht mal die anderen. Normalerweise hätten wir in der Nacht gern noch einen zusammen draufgemacht, so wie am Tag vorher. Aber ich wollte beim Schwimmfest allen davonsegeln, und den Motor kann man nur nachts auftanken. Alte Sportlerregel. Dafür haben wir uns einen riesigen Topf Spaghetti gekocht, die kann man auch mit Ketchup essen. Danach haben wir eine Runde »Mord in der Disco« gespielt, das hat richtig Spaß gemacht. Und das Tollste: Die Lunte war das Opfer. ☺☺☺ Für mich war das ein Zeichen, dass ich die Lunte bald los bin. Aber wenn ich jetzt so drüber nachdenke, wird mir klar, dass man das Zeichen auch ganz anders lesen kann, nämlich dass ich als Lunte am Ende wieder das Opfer bin. ☹☹☹

Fünfzehn

Am nächsten Morgen hat Herr Brand uns zum Frühstück eine große Tüte Mohnhörnchen gebracht, und als Überraschung obendrauf noch das Trikot. Das war wieder tipptopp in Ordnung, selbst die Papstkrone im Vatikanstadt-Logo. Ich weiß nicht, wer sich mehr gefreut hat: er oder wir. Jedenfalls ist Herr Brand ein echter Fleckenprofi. Dem würde ich sogar meine Comicsammlung anvertrauen, wenn die einen Fettfleck abkriegt. Zur Belohnung haben wir ihn zu seinen Mohnhörnchen eingeladen und ihm dabei von unserem Schwimmfest erzählt. Natürlich nicht von unserem Lunte-Plan, so weit ging unsere Freundschaft dann doch nicht. Herr Brand hatte die Idee, uns als Zuschauer anzufeuern, und weil man an so einem wichtigen Tag wirklich jeden Daumen braucht, haben wir ihm erlaubt mitzukommen. Er hat uns dann sogar zum Schwimmbad gefahren. Das war ein bisschen eng zu sechst in seinem Auto, aber mit Olli auf Hugos Schoß hat alles gepasst.

Als wir im Schwimmbad ankamen, hat mein Herz losgehämmert wie ein Schlagbohrer. Die Halle war schon richtig voll, wie auf dem Bahnhof. Nur dass man dort in den nächsten Zug einsteigen kann und davonfahren, und dann beginnt man irgendwo ein tolles neues Leben. Das hätte ich in dem Moment auch supergern getan, allerdings nicht allein. Denn ohne Freunde ist es nirgendwo schön, nicht mal im Paradies.

Nachdem meine mir heimlich superviel Glück gewünscht haben, sind sie zu den Umkleideräumen gelaufen. Ich hatte meine Badesachen samt Neoprenanzug schon bei der Lunte angezogen, damit ich nicht in die Mädchenumkleide muss. Dort gibt es nämlich keine Kabinen, und ich hätte vor lauter Mädchen und Hannah nicht gewusst, wo ich hingucken soll, außer an die Decke. Dabei kann man ganz schnell das Gleichgewicht verlieren und außerdem brennen einem vor Aufregung am Ende noch alle Birnen durch. Und auf einmal sagt man lauter Sachen, die man hinterher bereut.

Ich hab meine Sichtwerkzeuge sofort auf Radar umgeschaltet, ihr wisst schon: um die Gefahrenlage zu klären. Aber Malfoy und Mattuschek habe ich in dem Gewühl nicht gesehen. Bestimmt waren sie in der Umkleide. Ich hab gehofft, dass sie bis zum Wettkampf dort auch bleiben, denn im Wasser kann ich tausendmal besser kämpfen als an Land, so viel ist klar. Vorsichtshalber habe ich noch eine zweite Augenrunde gedreht, aber ich hab nix Verdächtiges entdeckt, außer dass Herr Pustekuchen, Herr Kowalski und der Bademeister mit der Schrulle zusammen die Einzigen waren, die keine Badesachen trugen, sondern Shorts und Badeschlappen. Die spitzen Knie der Schrulle konnten einem ganz schön Angst machen. Erst recht, wenn man schon mal ihre spitzen Ellbogen zu spüren bekommen hat.

Von Herrn Kowalski schien keine Gefahr auszugehen. Er stand am Hallenrand, neben der alten Tafel aus dem Keller, die mit dem Fangnetz der Schrulle und ein paar Seesternen aufgehübscht worden war, und wartete darauf, die Punkte der Teilnehmer aufzuschreiben. Er freute sich jetzt schon, dabei hatte der Wettbewerb noch nicht einmal begonnen. Ich hab meine Sachen so weit weg wie möglich von ihm abgestellt, um auf keinen Fall in seinen Torraum zu geraten. Diese Idee hatten aber auch schon andere gehabt. Um den Hausmeister herum war es so leer wie sonntags auf dem Schulhof.

Bis hierhin war alles wie am Schnürchen gelaufen. Mit Kowalski gingen die Probleme dann los, aber so was von! Der hatte das mit dem leeren Torraum nämlich leider auch bemerkt, deshalb schob er seine Tafel Stück für Stück näher an den Beckenrand heran, wo ihm keiner stiften gehen konnte. Als er nah genug dran war, hat er mich gesehen. Er rief mir zu, wo ich denn meinen Schnorchel gelassen hätte. Ich hab einen Schreck gekriegt, weil ich gedacht hab, dass er mich als Jungen enttarnt hat und gleich mit einem Megafon alles im ganzen Schwimmbad ausposaunt. Beim Thema Schnorchel ist mir nämlich alles Mögliche eingefallen, was so superpeinlich ist, dass nicht mal der chinesische Geheimdienst davon wissen darf. Aber Herr Kowalski hat mit seinen Händen eine Taucherbrille geformt und auf meinen Neoprenanzug gezeigt. Da war klar, dass ich nur auf einen seiner blöden Witze hereingefallen bin.

Wegen ihm wäre ich fast in Mattuscheks nackte Arme gelaufen. Als ich ihn in seiner Tigerbadehose gesehen habe, bin ich gerade noch rechtzeitig in der Menge verschwunden, bevor er sich mit Gebrüll auf mich werfen konnte. Denn eins sage ich euch: Mattuschek ist schon im Normalzustand der reinste Horror, aber als zweibeiniger Tiger würde er an Halloween jeden ausstechen. Ich hab mich so klein gemacht, wie ich konnte, und hinter Herrn Reus versteckt, in der Hoffnung, dass Mattuschek dort nicht nachguckt. Aber Herr Reus hat sich dauernd zu mir umgedreht und irritiert geguckt, und da hab ich so getan, als würde ich eine Kontaktlinse suchen, obwohl die Lunte gar keine trägt. Da hat sich Herr Reus gebückt und wollte mir unbedingt helfen. Am Ende hat nicht nur er mitgesucht, sondern auch Herr Mörtel und Herr Lorenz. Und weil drei Lehrer und eine Lehrerin, die auf dem Boden rumkriechen und Trockenschwimmübungen zu machen scheinen, ziemlich auffällig sind, hat Herr Mattuschek natürlich Wind davon bekommen. Er kam so schnell angetigert, wie er das auf dem gekachelten Boden hingekriegt hat. Ich hab gebeten, nein, gebetet, dass er sich hinlegt. Also nicht zum Schlafen, obwohl das auch nicht schlecht gewesen wär, sondern der Länge nach. Erhört hat mich niemand, ich war ja auch ein bisschen aus der Übung mit dem Beten. Weil ich nirgendwohin fliehen konnte, habe ich Herrn Mörtel und Herrn Reus als Schutzschild genommen. Zusammen haben die ein richtig breites Kreuz. Aber Herr Reus wurde von Herrn Pustekuchen gerufen und Herr Mörtel musste einen Streit zwischen den LaLeLu-Sisters schlichten, und zwar so, dass er keine Badenudel an den Kopf kriegt. Und da war das breite Kreuz plötzlich weg und ich stand *ohne Deckung* vor Herrn Mattuschek, mit nur fünf (!!!) Kacheln zwischen uns. Er hat sich tausendmal mehr als ich gefreut, mich zu sehen, und er hätte sich bestimmt Millionen Mal mehr gefreut, wenn ich nicht von blickdichtem Gummi verhüllt gewesen wär. Er hat gesagt, zu verstecken hätte ich ja nichts.

In diesem Moment hat Herr Pustekuchen eine Rede gehalten. Die war ausnahmsweise richtig gut, weil sich Herr Mattuschek zu ihm umdrehen musste. Ich hab keine Sekunde gewartet, sondern mich sofort verdünnisiert, könnt ihr glauben! Als der Direx am Ende seiner Rede den Startschuss für die Unterstufe gegeben hat, war ich längst untergetaucht und Mattuschek hat in die Röhre geguckt.

Das war aber auch schon das Einzige, was geklappt hat. Danach ging es weiter wie in der Geisterbahn, eine einzige Gruselnummer, nur dass es *null* Spaß gemacht hat. Vom Wettbewerb hab ich fast gar nichts mitgekriegt, nicht mal von meinen Freunden. Dabei hätte ich die supergern angefeuert, und Hannah auch – heimlich natürlich. Denn öffentlich darf das kein Lehrer, von wegen Gerechtigkeit und so. Aber die Lunte hat mir einen fetten Strich durch die Rechnung gemacht. Statt sich unauffällig auf die Reservebank zu verdrücken, lief die in einer Badehose herum, für die man eingesperrt gehört. Sie sah aus wie ein Originalstück aus Opas Jugend, also vor allem die Badehose. Die Lunte muss sie aus irgendeiner Mottenkiste von unserem Dachboden geholt haben. Weil ich sowieso stinkig hoch zehn auf Frau Lunte war, hab ich sie mir gleich gekrallt und hinter einen Pfeiler gezogen, von wegen Rufmord und so. Wer nicht schwimmt, braucht nämlich keine Badeklamotten. Und wenn sie schon unbedingt welche tragen muss, dann gefälligst meine superschicken Badeshorts. Auch wenn ich ihr die nur zähneknirschend leihe.

Aber mit der Lunte zu diskutieren, ist unmöglich. Da kann man sich genauso gut mit einem Erdhörnchen unterhalten. Sie hat einen auf unschuldig gemacht und behauptet, sie habe in meinem Schrank keine Badehose gefunden. Dabei hätte sie nur mal die Augen aufmachen und hinterm Regal oder unterm Bett nachsehen müssen. Weil ich sauer war, hab ich mit der Lunte mal deutsch geredet: Wer sich traut, Opas Badehose anzuziehen, kann auch der 9a was vortanzen. Aber so was von! Da hat die Lunte komischerweise plötzlich nach unten geguckt, um ihre Zehennägel zu checken, obwohl die gar nichts damit zu tun hatten. Als sie fertig war, sagte sie, *so* mutig sei sie leider nicht. Und dabei hat sie wie ein Hamster ohne Hamsterrad geguckt, ob ihr's glaubt oder nicht. Ein Erdhörnchen wär mir echt lieber gewesen, denn dann hätte ich der Lunte was geflüstert. Aber bei Hamstern kann ich das nicht. Da werde ich mindestens so schwach wie bei ’ner Pizza, nur dass ich die nicht streicheln möchte.

Gestreichelt habe ich die Lunte *natürlich* nicht, aber ich hab was anderes Furchtbares gemacht: Ich hab ihr verraten, dass *ich* für *sie* in den Kampf mit Malfoy und Mattuschek ziehe. Und zwar hier und heute. Und dass ich mit dem Frikassee, das ich aus den beiden mache, Justus’ Haustierchen füttere. Da hat nicht nur die Lunte große Augen gemacht, sondern leider noch jemand anderes, dem ich das alles lieber nicht gesteckt hätte: Malfoy!!! Der stand plötzlich hinter mir und hat mich breit angegrinst. Nicht auf die nette, sondern auf die gemeine Tour, bei der man sich auf der Stelle in einen Wackelpudding verwandelt.

Mal abwarten, wer aus wem Frikassee macht, hat Malfoy zu mir gesagt, bevor er zu seinen Kumpels rübergeschlendert ist. Hat sich aber eher so angehört wie: Such dir schon mal einen Sarg aus. Und es klang so vielversprechend, dass die Lunte mich schon angeguckt hat wie auf meiner Beerdigung.

Passenderweise kam die Schrulle an und hat mich erst wegen meines Gummianzugs ausgemeckert und dann ohne zu fragen zum Startpunkt abgeschleppt. Das »100-m-Brustschwimmen Schüler gegen Lehrer« sollte jeden Moment losgehen, der Höhepunkt des Wettbewerbs, den alle kaum erwarten konnten. Wenn ich oben auf der Tribüne gesessen hätte, wäre ich auch heiß darauf gewesen. Aber wenn man um sein Leben schwimmt, hat man lieber nicht so viele Zuschauer, egal wie gut man ist.

Als Malfoy für die Schüler an die Reihe kam, hab ich mich schnell vor Frau Jacoby auf den Startblock gedrängelt, obwohl eigentlich sie dran gewesen wäre. Sie war ganz aus dem Häuschen, weil sie das für ein Zeichen des Himmels gehalten hat. Dabei wollte ich nur mein Schicksal ein bisschen in Schwung bringen. Aber der Bademeister hat nicht mitgespielt und mich zurückgepfiffen. Nicht weil er mich statt der Jacoby schonen wollte, sondern weil mein Neoprenanzug gegen die Wettkampfregeln verstieß. Da stand nämlich drin, dass alle Badebekleidung tragen müssen, und Gummianzüge gehörten für ihn nicht dazu, da konnte ich mit ihm diskutieren, wie ich wollte. Der Bademeister hat verlangt, dass ich den Anzug ablege und zwar auf der Stelle, weil wir schon so spät dran waren.

Habt ihr euch schon mal auf einem Startblock aus einem engen Gummianzug herausgepult? Mit zittrigen Fingern und

Beinen aus Wackelpudding? Nur mal an die Jungs: Einen Badeanzug hatte bestimmt keiner von euch darunter an, und eine Halle voller Leute hat euch dabei auch nicht auf den Hintern geguckt. Genauso wenig wie Mattuschek. Schrecklicher geht's nicht! Höchstens, wenn man nackt ist, aber das wäre noch mehr gegen die Wettkampfregeln gewesen, weil dann alle gucken und keiner mehr schwimmt.

Ich hab zu Malfoy rübergeschielt, der sich schon wie ein Gewinner aufgestellt hat. Das hätt ich mal lieber sein lassen sollen, denn wegen ihm hab ich nicht bemerkt, dass mein rechter Fuß noch im Bein des Anzugs steckte. Als der Startschuss kam, bin ich beim Absprung drin hängen geblieben, hab mit dem Gummischweif am Bein einen kurzen Bogen in der Luft gemacht und bin wie ein Pinguin ins Wasser gefallen. Der Bauchklatscher hat wehgetan, aber noch mehr das Gelächter. Das hat man bis zum Südpol gehört, aber mindestens. Statt gegen Malfoy habe ich gegen den blöden Neoprenanzug gekämpft, und als ich mich endlich freigestrampelt hab, war Malfoy schon kurz vorm Ziel. Ich durfte ihm dabei zusehen, wie er gewinnt und mich auslacht.

Ich bin sonst wirklich keine Heulsuse, das könnt ihr mir glauben. Sentimental werde ich nur, wenn ich Star Wars verpasse oder den richtigen Moment, um vor Till abzuhauen, nachdem ich sein Haarwachs durch Schuhcreme ersetzt habe. Aber in diesem Moment sind mir Tränen über mein Gesicht gelaufen. Bevor irgendjemand bemerkte, dass das kein Chlorwasser ist, bin ich aus dem Becken geklettert und in meinem bescheuerten Badeanzug aus der Schwimmhalle gerannt. Ich wollte niemanden mehr sehen, mich nur noch irgendwohin verkrümeln. Aber das war gar nicht so einfach. Als ich tropfend vor den beiden Umkleideräumen stand, wusste ich nicht mal, wo ich reingehen sollte. Ich war kein Mädchen, und ich war genauso wenig ein Junge. Wäre ich ein Chamäleon gewesen, dann hätte ich wenigstens zwischendurch mein Aussehen verändern können, aber so?

Plötzlich stand die Lunte vor mir. Ich weiß nicht, wo die hergeflogen kam, aber eins war klar: Sie hatte sich wieder meine Jeans angezogen. Wahrscheinlich war Opas Badehose in der Zwischenzeit endgültig zerfallen, aber auch egal. Sie sah jedenfalls so aus, wie ich zur Abwechslung auch mal gern wieder aussehen würde, und das habe ich nicht ausgehalten. Deswegen hab ich sie nett gebeten, Leine zu ziehen. Aber die

Lunte hat rumgezickt. Sie hatte eine kleine Rede vorbereitet, die wollte sie unbedingt noch loswerden: über ein alchemistisches Buch, das sie gelesen hat und in dem alles drinsteht, was sie wissen muss, um das Experiment zu wiederholen. Ich hab gedacht, sie nimmt mich huckepack. Im Schwimmbad darf man nämlich keine Bücher lesen, erst recht nicht aus dem Mittelalter. Sonst wird man vom Leiter der Bibliothek persönlich geköpft, und zwar genau wie früher: auf dem Marktplatz, inmitten der anderen Kohlköpfe.

Die Lunte hat ihren Kohlkopf geschüttelt und zwischendurch schnell mal die Beichte abgelegt: dass sie das Buch schon vor dem Wettkampf gelesen hat. Sogar vor meinem Besuch bei meinen Eltern. Schon am ersten Tag.

Am *ersten* Tag??

!!!Die Lunte hat mich die ganze Zeit belogen!!!

Bei dem Gedanken hab ich Schnappatmung bekommen. Mein Einsatz – alles, was ich durchgemacht habe: völlig unnötig! Am liebsten hätte ich die Lunte in meinen Badanzug gewickelt und einmal durch das Schwimmbecken gepflügt, bis ihr das Wasser aus den Ohren herausschießt. Aber dann hätte ich nackt in die Halle zurückgehen müssen, wo Malfoy, Mattuschek und noch ein paar hundert andere Menschen versammelt waren. Da habe ich es dann doch lieber beim Kopfkino belassen. Selbst dabei hat mich die Lunte unterbrochen. Sie hat sich bei mir entschuldigt und gehofft, dass ich ihr nicht allzu böse bin.

Natürlich war ich das nicht. Allzu hätte nämlich nicht gereicht. Ich war extradoppelt gigantisch böse! Aber so was von!!! Wegen der Lunte habe ich beim Wettkampf den Zitteraal abgegeben, dabei hätte ich als Tobias die Hälfte der Preise abräumen können. Und wisst ihr, was die Lunte geantwortet hat? Doppelpunkt: Das könne ich doch immer noch.

Ich hab ihre Stirn angefasst, obwohl ich das nicht gern gemacht habe. So einen Satz kann man nur im Fieberwahn von sich geben. Aber die Lunte hat es ernst gemeint. Sie hat versprochen, das Experiment durchzuziehen, wenn ich in die Halle zurückgehe und den Kampf noch einmal aufnehme. Hat sie gesagt. Ungelogen. Das hat sie auch noch gesagt. Und Leute, da hab ich mal kurz an das Gute in der Lunte geglaubt. Die ist ja auch irgendwie Mensch, und sie kann ja nicht nur aus Fehlern bestehen. Also habe ich meinen Mumm zusammengekratzt, so wie schon ein paarmal und bin in die Halle zurückgegangen.

Auf dem Weg hab ich Gott sei Dank noch Justus, Hugo, Olli und Hannah getroffen, die schon alles nach mir abgesucht hatten. Sie glaubten, ich hätte mich zur Abwechslung in Luft aufgelöst. Weil keine Zeit war, habe ich ihnen im Schnelldurchlauf erzählt, was passiert war, auch das mit Luntes neuem Versprechen. Olli war der Meinung, wer einmal lügt, lügt auch zweimal. Hugo hat ihm vorgerechnet, wie selten es ist, dass jemand zweimal hintereinander lügt. Es sei denn, er verdient sein Geld damit. Hannah hat eingeworfen, dass die Lunte nur aus Angst gelogen hatte. Ohne die braucht sie nicht mehr zu lügen. Das klang supereinleuchtend. Leider hatte ich die Lunte nicht nach ihrer Angst gefragt, denn dann hätte ich gewusst, woran ich bin. Um die Diskussion abzukürzen, haben wir dann abgestimmt: Am Ende waren alle dafür, dass ich die Sache durchziehe, selbst ich. Obwohl es mir lieber gewesen wäre, wenn jemand anderes für mich eingesprungen wär.

Als ich in die Halle kam, war Kowalski gerade dabei, die Ergebnisse der Wettkämpfe zusammenzurechnen – die Lehrer hatten einen Punkt Rückstand. Malfoy stand am Beckenrand mit seinen Kumpels zusammen und spuckte große Töne. Mir haben die Knie geschlottert, als ich zu ihm hin bin, weil ich ihm mein Kampfangebot irgendwie verklickern musste, ohne von ihm auf der Stelle in den Boden gerammt zu werden. Früher gab es für solche Duellanfragen Handschuhe. Die hat man dem anderen vor den Latz geknallt und dann wusste der, was Sache ist. Und bei Sonnenaufgang haben beide gekämpft, bis einer umgefallen ist. Das weiß ich von Justus. Aber im Schwimmbad einen Handschuh zu organisieren, ist echt nicht so leicht.

Während ich überlegt hab, ob eine Schwimmnudel auch funktioniert, hat Malfoy mich bemerkt. Er wollte wissen, ob ich immer noch nicht genug habe. Wie er das gesagt hat, war das auch so was wie ein Handschuh. Den hab ich einfach aufgenommen. Ich hab Malfoy geantwortet, dass ich ganz heiß darauf bin, es ihm zu zeigen. Das mit dem »heiß« hat zwar nur halb gestimmt, weil das von der Angst kam und nicht vom Mut, aber von Papa weiß ich, dass Klotzen besser ist als Kleckern. Zumindest, wenn man zum Sieger gekürt werden will. So hat Papa nicht nur Mama, sondern auch seine Stelle bekommen.

Mittlerweile hatten auch andere bemerkt, dass zwischen Malfoy und mir etwas läuft und haben sich zu uns umgedreht. Herr Pustekuchen hat auf seine Uhr geguckt, aber der Bademeister hat gesagt, dass ein Kämpfchen noch drin wär. Frau Schrulle hat in null Komma nichts alle wieder auf ihre Plätze geschoben und Herr Kowalski hat im Spaß seine Kreide angespitzt. Der Bademeister wollte wissen, in welcher Disziplin wir antreten wollen. Malfoy hat seine Arme nur gelangweilt ausgebreitet. Es war ihm völlig egal, in welcher er gewinnt. Da habe ich nicht lange gefackelt und ihn gefragt, ob er sich ein Wettspringen traut. Malfoy fand meine Frage so lustig, dass er seinen Kumpel neben sich angehauen hat. Ich darf jeden Sprungturm nehmen, den ich will, hat er gesagt. Als das klar war, hat der Bademeister uns zu den Sprungtürmen gebracht. Malfoy hat sein Haifischlachen aufgesetzt und ist beim Einmeterbrett stehen geblieben. Für die Original-Lunte wär das nämlich schon die größte Herausforderung aller Zeiten gewesen.

Ich bin weitergegangen und auf den Sprungturm geklettert. Ein paar in der Menge haben gelacht. Turmspringen stand nicht auf dem Programm, aber ein Kampf Lunte gegen Malfoy konnte nur ein Witz sein. Malfoy hat sich belustigt umgedreht und ist mir dann gefolgt. Als ich auch am Dreimeterbrett vorbeigeklettert bin, stutzte Malfoy zum ersten Mal, das habe ich aus den Augenwinkeln gesehen. Inzwischen hatten auch die Letzten in der Halle unsere Aktion mitbekommen und feuerten uns an. Da konnte Malfoy natürlich nicht mehr zurück, aber auf dem Fünfmeterbrett hat er längst nicht mehr so siegessicher geguckt.

Ohne nachzudenken bin ich auch noch am Fünfmeter vorbei nach oben zum Zehnmeter hoch, obwohl ich von dort noch nie im Leben gesprungen bin. Malfoy kam zögernd hinterher. Als er das Wasser unter uns gesehen hat, ist sein Haifischgrinsen im Becken abgetaucht, und er ist so weiß geworden wie Hugo, als er das mit dem versauten Trikot erfahren hat. Klar, weil er nicht wusste, wie er wieder aus der Nummer herauskommt. Er hat bestimmt gehofft, dass ich nur bluffe, denn er wollte, dass ich zuerst springe. Da musste ich natürlich durch.

In der Halle war es total still geworden. Ich hab mich rückwärts zum Wasser, an den äußersten Rand des Bretts aufgestellt, und zwar auf den Zehenspitzen, wie man das beim Delfinsalto macht. Ich war so aufgeregt, dass sogar mein Badeanzug an mir flatterte. Mit so einem Ding bin ich noch nie gesprungen und als Lunte erst recht nicht. Könnt ihr mir glauben.

Vor lauter Flattern hab ich das Gleichgewicht verloren

und wäre fast vom Brett gefallen. Ich konnte das Raunen hören, das durch die Menge ging. Natürlich dachten alle, dass ich einen Abgang mache und wieder einen Bauchklatscher hinlege. Bevor ich ein zweites Mal in Stellung gegangen bin, habe ich die Lunte aus mir rausgepustet, und zwar aus jeder Ecke meines Körpers. Stattdessen habe ich den Tobias eingeatmet, der das Brett dann zum Wippen brachte, bis es in meinen Rhythmus überging. Mit geschlossenen Augen bin ich den Salto im Kopfkino durch. Und dann hab ich das Ganze einfach noch mal in echt wiederholt: Ich hab mich mit Kraft nach hinten abgestoßen, in der Luft meinen Salto hingelegt und bin so sauber ins Wasser eingetaucht, dass sogar mein Trainer gejubelt hätte, obwohl der in solchen Dingen echt geizig ist.

Als ich wieder aufgetaucht bin, war der ganze Saal am Kochen, keiner hatte das erwartet. Malfoy am wenigsten, der stand oben dumm rum, während die ersten Schüler anfingen, ihn auszupfeifen. Ich wette, er hatte eine Verabredung mit der Paralyse und merkte, dass er von seiner eigenen Blödheit eingeholt wurde. Seine Kumpels haben ihm jedenfalls nicht geholfen, auch nicht, als er sie dann wütend nach oben gewunken hat. Während Kowalski bei den Lehrern einen dicken Strich auf seiner Tafel machte, stand Frau Lunte am Beckenrand, machte das Victoryzeichen und strahlte mich wie die größte Lottogewinnerin aller Zeiten an. Herr Brand auf der Tribüne strahlte übrigens auch, aber das ist nicht so wichtig. Wichtig ist, dass ich auch gern gestrahlt hätte. Nicht nur, weil ich Malfoy ins Abseits gekickt hab, sondern weil meine Zukunft kurz vor der Zeitenwende stand. Allerdings ist mir Mattuschek in meine gute Laune hineingegrätscht, ein allerletztes Mal. Als ich aus dem Wasser geklettert bin und mir alle gratulieren wollten, hat er sich durch die Menge gedrängelt. Ob ihr's glaubt oder nicht, er wollte mich umarmen! Da bin ich so wütend geworden, dass ich ihm voll aus Versehen einen Hammerzeh verpasst habe. Der ist mir noch viel besser gelungen als bei Basti. Mattuschek ist einbeinig ins Wasser gehüpft und gejault hat er auch dabei. Nicht wie ein Tiger, sondern eher wie ein Schlosshund. Klar hab ich ihm geholfen wieder rauszukommen. Aber dabei hab ich ihm etwas so superpersönlich ins Ohr gezischt, dass sogar die Schrulle neugierig geworden ist: nämlich, dass er es nie wieder wagen soll, mich anzutatschen oder einzuladen oder anzugucken. Oder sonst irgendwas. Sonst ziehe ich ihm seine Tigerhose über die Ohren. Das hätte ich schon viel früher machen sollen, denn danach hat Mattuschek kein Wort mehr gesagt und sich verkrümelt.

Ich weiß gar nicht, wer mir alles die Hände geschüttelt hat. Am meisten habe ich mich über die aus meiner Klasse gefreut. Tobi hat vor lauter Begeisterung sogar vergessen zu stottern. Justus, Hugo, Olli und Hannah haben gelacht und ihre Daumen wie eine Kerze hochgehalten, selbst Olli hat ausnahmsweise sein Handy weggesteckt. Am liebsten hätte ich sie alle umarmt, aber dann hätten mich die Lehrer vielleicht auch alle nacheinander umarmt. Und das wollte ich auf keinen Fall riskieren. Justus, Hugo und Olli haben dann plötzlich eines unserer Lieder angestimmt, nämlich »Auf uns«. Dass es unser Lied war, wusste natürlich keiner, aber es passte wie der Stecker in die Steckdose. Denn ohne meine Freunde hätt ich mich längst irgendwo in der Wüste eingebuddelt. Weil jeder das Lied kannte, hat kurze Zeit später der ganze Saal mitgesungen. Ich sag euch: Das hat gekribbelt! Von den Zehen bis zur letzten Haarspitze.

Beim Thema Haar ist mir sofort wieder unser Experiment eingefallen. Solange alle in der Halle waren, hatten wir im Chemieraum freie Bahn. Als Pustekuchen zum Mikrofon griff, um den Punktestand zu verkünden und seine Abschlussrede zu halten, hab ich meinen Freunden und der Lunte ein Zeichen gegeben und mich mit meinen Sachen aus dem Staub gemacht. In einer Ecke hab ich meine Klamotten samt Trikot über den nassen Badeanzug angezogen, um bloß nicht in die Umkleide zu müssen.

Während die anderen sich umzogen, kam Herr Brand angelaufen. Er war ganz aus dem Häuschen wegen meines Auftritts und wollte mich am liebsten gleich mit nach Hause nehmen. Wegen der versprochenen Pizza, versteht sich. Ich war froh, als die Lunte herauskam und ihn mir abnahm. Sie hat sich zwar gewundert, ihren Nachbarn zu sehen, aber sie freute sich, vor allem weil Herr Brand wegen ihr herumgegrübelt hat wie ein Weltmeister. Er war nämlich der Meinung, dass sie sich irgendwoher kennen. Wenn er gewusst hätte, dass sie die Lunte ist und normalerweise Tür an Tür mit ihm wohnt, wäre er bestimmt umgekippt. Dann hätten wir den Notarzt rufen müssen, statt unauffällig unser Experiment durchziehen zu können.

Als Herr Brand erfahren hat, dass wir noch ein Projekt in der Schule vorhaben, hat er angeboten, uns hinzufahren. Justus, Hugo und Olli sind schon mal mit ihm und der Lunte vorgegangen, um die Plätze zu reservieren. Denn eins war mal klar: Bei sieben Leuten waren zwei zu viel, und keiner meiner Freunde wollte die Lunte auf seinen Schoß nehmen, auch wenn Herr Brand nicht verstanden hat, was sie gegen ihren Mitschüler haben. Mich wollten meine Freunde natürlich auch nicht, und das lag nicht nur am nassen Badeanzug. Aber im Gegensatz zu Herrn Brand konnte ich das sehr gut verstehen.

Ich hab auf Hannah gewartet, weil sie als Einzige eine Bürste hatte. Vor dem Experiment wollte ich vorsichtshalber noch ein paar Pluspunkte sammeln, um ja kein Transformationsrisiko einzugehen. In einen nassen Wischmopp wollte ich mich jedenfalls nicht verwandeln. Hannah hat komischerweise keinen Ton gesagt. Stattdessen sind dunkle Wolken um ihren Kopf geflogen, obwohl es jede Menge Grund zum Jubeln gab. Auf dem Weg zum Parkplatz ist sie dann damit rausgerückt: Sie fand es schade, dass ich mich gleich – *zisch!* – in Luft auflösen würde. Denn sie hatte so viel Spaß mit mir gehabt, fast wie mit einer Freundin.

Natürlich hab ich Hannah voll verstanden, denn mit der echten Lunte ist das ja so eine Sache mit dem Spaß. Ich hab mich nicht getraut ihr zu verraten, was *ich* schon die ganze Zeit hoffte: dass Hannah mit mir auch dann noch jede Menge

Spaß hat, wenn ich wieder Tobias bin. Selbst wenn ich keine Strumpfhosen mehr anziehe oder Handtaschen trage. Aber so was darf man höchstens denken. Alles andere ist verboten.

Vor dem Ausgang des Schwimmbades spürte ich plötzlich Hannahs Hand in meiner rechten, so was von kurz, dass ich hinterher nicht wusste, ob ich mir das nur eingebildet habe. Hannah guckte mich an und ist dann zu den anderen nach draußen gelaufen. Ich hab sofort in meiner Hand nachgesehen, ob da vielleicht ein Abdruck zu erkennen ist. Da war nichts, obwohl ich schwören könnte, dass die rechte Hand auf einmal wärmer gewesen ist als die andere.

Vor lauter Nachgrübeln habe ich nicht bemerkt, dass Frau Schrulle ihre verschrumpelte Nase um die Ecke geschoben hat und uns die ganze Zeit beobachtete. Das hab ich erst später kapiert – als sie mich in der Zange hatte. Aber davon gleich.

Sechzehn

Nachdem Herr Brand uns vor der Schule abgeladen hat, sind wir mit der Lunte zum Chemieraum gelaufen, um das Experiment vorzubereiten. Und stellt euch vor: Kaum hatte sie ihren Rucksack abgeworfen, stand schon alles bereit. Sogar der Bunsenbrenner brannte. Nur die Backzutaten fehlten noch. Mit wieselflinken Fingern hat die Lunte verschiedene Pulver abgemessen und zusammengerührt. So schnell, dass keiner von uns mitgekommen ist, nicht mal Hugo.

Als sie mit allem fertig war, hat sie mich angeguckt und gefragt, ob ich bereit bin. Das war ich, aber so was von, auch wenn mein Herz wieder einen auf Schlagbohrer gemacht hat. Justus, Hugo, Olli und Hannah sind hinter einem Tisch in Deckung gegangen, für alle Fälle. Die Lunte und ich haben uns gegenseitig ein Haar gerupft, so wie bei den Schimpansen mit den Läusen, nur dass wir nicht so entspannt dabei waren. Dann zählten wir, und auf »drei« hab ich die Haare und Frau Lunte das Pulver ins Feuer geworfen.

Es hat laut gezischt, wie 20 alte Schrullen im Chor, und es gab eine große Rauchwolke, die haben wir beide voll abge-

kriegt, genauso wie beim ersten Mal. Gestunken hat es auch, aber ich wusste noch immer nicht wonach, weil ich wieder einen meiner Hustenanfälle bekommen habe. Ich hab gehört, wie die anderen aufgeregt durcheinandergerufen haben, so, als ob einer von uns draufgegangen wär. Ich konnte es Gott sei Dank schon mal nicht sein, sonst hätte ich die Rufe ja nicht gehört. Aber die Lunte auch irgendwie nicht. Denn als der Rauch sich verzogen hat, schien alles gut gegangen zu sein: Mir gegenüber stand nicht mehr Tobias Rolle, sondern die Lunte, und zwar genau so, wie sie aussehen sollte: mit neuer Frisur und neuen Klamotten. Sogar mit den nassen Flecken vom Badeanzug. Und es schien auch nichts an ihr zu fehlen.

Was fehlte, war die Partystimmung. Frau Lunte guckte so erschrocken, als ob sie aus Versehen unsere Klassenhefte im Klo heruntergespült hätte. Und meine Freunde, als wären ihre Hausaufgaben futsch. Und alle starrten *mich* an.

Ich hab einen vorsichtigen Blick nach unten riskiert. Was ich gesehen habe, hält nicht mal das stärkste Elefantenherz aus: Luntes Arme baumelten noch immer an mir rum. Und auch die Beine und alles andere, was sonst noch so an der Lunte dran ist. Sogar die nassen Flecken vom Badeanzug klebten an meinen Klamotten.

Aaaaaaaaaaaaargh!

Ich war noch immer die Lunte!!!

Kein Scheiß. Und jetzt gab es sie sogar im Doppelpack.

Ich bin schreiend aus dem Chemieraum gelaufen, aber vielleicht hat auch nur meine Seele geschrien. Denn ehrlich gesagt wusste ich nicht mehr, wer an mir was ist, und wer was tut. Ich hatte nur noch einen Gedanken: Wo ist mein Körper hin? Denn wenn die Lunte ihn nicht mehr in Beschlag hatte, musste er doch irgendwo frei rumschweben. Oder hat Gott ihn eingesackt, falls sich irgendwer im Paradies verschönern will?

Während ich durch den Flur rannte, kam Frau Schrulle plötzlich um die Ecke gezischt. Ausgerechnet. Wir sind volle Kanne frontal zusammengeprallt, trotz meiner Vollbremsung. Der Aufprall war schön weich, so als ob die Schrulle einen Airbag aufgeblasen hätte. Dass es keiner war, sondern ihre Perücke, die ihr vom Kopf gefallen ist, hab ich erst bemerkt, als ich die Steppe auf ihrem Kopf sah. Aber das war mir in dem Moment so was von egal. Von mir aus hätte dort oben ein Rudel Mäuse campieren können, und es hätte mich nicht gejuckt.

Frau Schrulle hat erschrocken ihre Perücke aufgesetzt und in einem Affenzahn wieder verschraubt. Sie hat mich dabei angeguckt wie einen Verbrecher, aber nicht weil ich ihre Perücke enttarnt hatte, sondern weil sie *mich* enttarnen wollte. Sie hatte uns nämlich im Schwimmbad beim Köpfezusammenstecken beobachtet und wollte jetzt wissen, was im Busch los ist, und zwar hier und sofort.

Ich hab die Schrulle einfach umkurvt und bin in die Mädchenklos geflohen – der einzige Ort, an dem ich mich heimlich ausheulen konnte. Dort hab ich mich mit einer ganzen Rolle Klopapier eingeschlossen, obwohl das Mangelware war. Wenn ich gekonnt hätte, hätte ich auch noch das Klo vor die Tür geschoben, denn ich hatte vor, nie nie nie wieder aufzuschließen, zumindest nicht bevor dieser Albtraum beendet war.

Siebzehn

Ganz ehrlich: Damit sieht es im Moment ganz schlecht aus. Meine Geschichte ist hier zu Ende. Wir sind nämlich in der *Echtzeit* gelandet. Richtig gelesen. Alles, was jetzt passiert, ist live. Draußen steht die Schrulle und hämmert und bollert gegen die Tür. Und wenn nicht bald ein Wunder passiert, hat sie die mit ihren spitzen Knien bestimmt gleich durch. Dann holt sie die Männer mit den Kitteln, die mich mit ihren Geräten erforschen. Und wenn die mit allem durch sind, komm ich doch noch in die gläserne Konserve und werde im Museum ausgestellt. Nur ohne die Lunte. Die besucht mich in ihrem tollen Trikot und zündet vielleicht eine Kerze für mich an. So sieht's aus.

Stopp! HIERGEBLIEBEN! Jetzt seid IHR dran! Für umsonst gibt's hier nichts! Erst recht nicht so hochpeinliche Geschichten. Noch mal zum Mitschreiben: Ich hab ein riesiges Problem an den Hacken, größer als alle Hundehaufen der Welt zusammen. Wenn einer unter euch ist, der es entsorgen kann, sofort die Finger hoch.

Hab mir schon gedacht, dass sich jetzt alle auf die hinterste Bank verdrücken. Aber irgendeiner unter euch wird doch einen Vater haben, der beim SEK ist. Ich verspreche: Wer aus mir wieder den alten Tobias bastelt, der kriegt zur Belohnung meine Comicsammlung, zumindest als Leihgabe! Kein Fingertrick!

Wenn die Schrulle wenigstens mal kurz mit dem Hämmern aufhören könnte, damit ich nachdenken kann. Oder schlafen. Oma sagt, Schlaf ist die beste Medizin, da baut man alle Schadstoffe ab. Deswegen gibt es sie überhaupt noch. Das muss doch stimmen, denn Opa hat viel mehr Falten, obwohl er zehn Jahre jünger ist. Weil er die Zeit lieber nutzt, solange Oma schläft. Wie lange man schlafen muss, um so was großes wie die Lunte abzubauen, hat Oma nicht gesagt.

Die Schrulle wird nicht eher Ruhe geben, bevor sie mich hier rausschleppt, und deswegen gehe ich jetzt raus aus der Kabine. Egal, was passiert. Ich schließ einfach die Tür auf, nicht nur in Gedanken, sondern ganz in echt. Die Schrulle hält mitten in der Bewegung inne und guckt mich an wie ein Ufo. Sie will wissen, was ich auf den Mädchenklos zu suchen habe. Blöde Frage, antworte ich, meine Ruhe natürlich.

Aber während ich ihr das stecke, fällt mir auf, dass etwas anders ist. Nicht, mit der Schrulle, die sofort wie eine Rakete hochgeht, sondern mit meiner Stimme. Die klingt auf einmal wieder richtig gut. Ich gucke an mir runter, und alles, was ich sehe, ist so schön wie im allerschönsten Traum. Luntes Arme und Beine haben sich wieder in meine eigenen verwandelt. So wie der Rest des Körpers.

Ich bin's: Tobias!!! Ganz in echt und richtig zum Anfassen!!

Nur die Ketchupflecken fehlen. Aber geschenkt.

Während die Schrulle die anderen Kabinen nach der Lunte absucht, renne ich an ihr vorbei nach draußen, um meine Freunde zu suchen. Die sollen die tollste aller Nachrichten von mir persönlich erfahren. Meine Beine sind die reinsten Sprungfedern, so leicht fühle ich mich. Auf dem Schulhof finde ich schon mal Justus, Hugo und Olli, die sich darüber streiten, ob ich mich in ein Erdloch verkrochen oder vielleicht doch vor einen Laster geworfen habe. Ich freu mich so sehr, sie zu sehen, dass ich ihnen im vollen Lauf entgegenspringe. So wie beim Fußball nach einem Tor, nur mit doppelt so viel Jubel in mir drin. Normalerweise sind wir ein eingespieltes Team. Zumindest Justus, Hugo und ich. Aber weil meine Freunde so geplättet sind, als sie mich sehen, bleiben sie wie drei Kegel in der Landschaft stehen, statt mich aufzufangen. Mit mir als Bowlingkugel gehen wir alle zu Boden. Die Landung ist hart, aber als meine Freunde kapieren, dass ich keine Fata Morgana bin, kugeln wir uns jubelnd auf dem Boden. Ohne Ball. Selbst Olli macht mit, nachdem er sein Handy in Sicherheit gebracht hat. Ihr glaubt gar nicht, wie sehr man so was vermissen kann.

Als Hannah unseren Lärm hört, kommt sie so schnell angelaufen wie ein Stürmer. Nur, dass der dann ein Tor machen würde, statt große Augen. Bei Hannah sind sie so groß, dass ich gar nicht mehr weiß, wie ich daran vorbeigucken soll. Weil so ein Jungenknäuel außerhalb des Fußballfeldes peinlich ist, rappeln wir uns in null Komma nichts vom Boden hoch, so was geht bei uns ohne Absprache. Olli sprintet los, um die Lunte zu holen, und Hugo läuft hinterher, weil man bei Olli nie so genau weiß, ob nicht irgendeine wichtige App dazwischenfunkt. Und dann verschwindet auch noch Justus, weil er glaubt, dass keiner der beiden dran denkt, unsere Sachen im Chemieraum einzusammeln. Fast wäre ich auch noch hinterher. Nicht, weil ich den anderen helfen will, sondern weil ich keine Ahnung hab, was ich Hannah sagen soll. »Hallo« geht noch, und dann? Komisch, als Lunte war das tausendmal einfacher. Aber Hannah lächelt mich jetzt sogar ein bisschen an. Und weil sie sich auf die Stufen setzt, setze ich mich daneben. Mit Sicherheitsabstand versteht sich. Kann ja sein, dass ich für sie jetzt nur noch einer von den Jungen bin. Und die werden von den Mädchen reihenweise reingelegt, nur so aus Hobby. Auch wenn mir das bei Hannah noch nie passiert ist und das auch gar nicht zu ihren großen Augen passt.

Auf einmal fragt sie mich, ob ich ihr meinen Salto zeigen kann. Klar, sag ich und bin froh, aufstehen zu können, um es ihr vorzumachen. Was tun ist nämlich tausendmal leichter, als nur so vor sich hinzuquatschen, zumindest, wenn man vorher drüber nachdenken muss, über was. Doch Hannah schüttelt den Kopf, sie will keine Showeinlage, sie will es von mir lernen, und zwar richtig: im Schwimmbad und vom Sprungbrett. Alte Speckrübe! So was hat mich bisher noch kein Mädchen gefragt. Nicht mal ein Junge.

Als ich Hannah antworten will, stört die Lunte mich. Ausgerechnet in dem Moment kommt sie nämlich wie ein Nashorn aus der Schule gelaufen, und zwar direkt auf mich zu. Bevor ich mich in Sicherheit bringen kann, hat sie mich schon umarmt – nicht aus Versehen, sondern voll extra. Weil sie sich so freut, sagt sie. Ich will echt keine große Sache daraus machen, aber jemand müsste ihr mal verklickern, dass so was nur in der Familie geht. Oder bei besten Freunden. Auch wenn sie keinen Meter entfernt von meiner Comicsammlung schlafen durfte und Dinge von mir weiß, die ich nie einer Lehrerin erzählen würde. Ich fall ihr doch auch nicht um den Hals, nur weil ich mir kurz mal ihren Nachbarn und ihr Hasenkostüm ausgeliehen habe.

Während ich überlege, wann der beste Zeitpunkt ist, die Lunte mal auf Kurs zu bringen, drückt sie mir ohne ein Wort meinen Schlüssel in die Hand. Meinen Schlüssel! Für mein Zuhause!! Ihr glaubt nicht, was für Gefühle so ein kleines Stück Metall auslösen kann. Bisher hab ich den Schlüssel nur benutzt, um Kronkorken abzuschnipsen oder Rillen in unseren Esstisch zu kratzen. Abgesehen davon, dass er zum Türöffnen natürlich sehr praktisch ist, vor allem bei uns zu Hause. Aber jetzt seh ich meinen Schlüssel mit ganz anderen Augen.

Ich werd schon wieder unterbrochen. Inzwischen ist der Schulhof nämlich die reinste Rennstrecke geworden. Zur Abwechslung kommen Justus, Hugo und Olli angerannt, weil die Schrulle hinter ihnen her ist und gefährliche Augenspieße nach ihnen wirft. Sie will endlich wissen, was ich im Mädchenklo wollte und wieso die Lunte sich auf einmal in Luft aufgelöst hat. Und so wie die Schrulle guckt, wird sie sich erst wieder in ihre Gruft verabschieden, wenn sie eine lupenreine Antwort hat. Ausnahmsweise fackelt die Lunte nicht lange: Sie schickt uns weg und übernimmt die Schrulle. Das lassen wir uns nicht zweimal sagen. Altersmäßig passen die beiden sowieso besser zusammen, auch wenn die Lunte nach ihrer Renovierung so gut weggekommen ist, dass sie glatt als Hugos Schwester durchgehen könnte.

Von Weitem beobachten wir, wie die Schrulle sich mit ihrem Arm bei der Lunte ankettet, damit die ihr nicht wieder stiften geht. Wir würden supergern wissen, was für eine Geschichte die Lunte ihr gerade auftischt. Aber noch viel lieber wollen wir zusammen feiern. So richtig mit Chips, Cola und Gummibärchen. Und weil ich es nicht abwarten kann, nach Hause zu meinen Eltern zu gehen, nehm ich Justus, Hugo, Olli und Hannah einfach mit. Denn feiern kann man überall, sogar zu Hause.

An der Gartenpforte wird mir ganz schwummerig ums Herz. Nach dem ganzen Schlagbohrergetue ist das eine schöne Abwechslung. Kaum schließe ich auf, stehen meine Eltern in der Tür. Sie sind total überrascht, als ich ihnen einfach so um den Hals falle, ohne Geldspende. Und dass mich interessiert, wie ihr Tag so gelaufen ist. Weil sie schon mal beim Staunen sind, staunen sie auch über unsere neue Besetzung, also Hannah – ohne Worte, nur mit Blicken. Ihr Code ist trotzdem leicht zu knacken. Der sagt: Woher kennst du das Mädchen? Wer ist sie? Findest du sie nett? Denn bisher bin ich immer nur im Quartett angetanzt, ein Mädchen war noch nie dabei. Obwohl meine Eltern Hannah noch nie gesehen haben, und Hannah meine Eltern logischerweise auch nicht, unterhalten sich die drei komischerweise so, als wäre das völlig normal.

Olli ist ungeduldig, er will wissen, wann wir endlich feiern, und Papa will wissen, was. Mir fällt nichts Besseres ein als das Schwimmfest, aber für meine Eltern ist das Grund genug, dass sie die halbe Vorratskammer für uns plündern. Als wir das ganze Zeugs in mein Zimmer schleppen, fällt Mama siedeheiß ein, was die Lunte ihr aufgetragen hat. Dass ich bis zum Sonnenuntergang noch jede Menge Sonderaufgaben vor mir habe. Und jetzt ist der Staub in meinem Zimmer dran.

So 'ne Rübenscheiße! Das hatte ich ganz vergessen! Nicht den Staub, sondern das mit den Aufgaben. Dass ich dahinter-

stecke, und nicht die Lunte, kann ich meiner Mutter nicht sagen. Das geht gar nicht. Sonst kommt Dr. Psycho mit seinem Lügendetektor vorbei. Und meine Mutter hilft ihm. Was dabei herauskommt, ist noch schlimmer als jede Arbeit.

Justus und Hugo legen ein supergutes Wort für mich ein, wegen meiner tollen Leistungen, die belohnt werden müssen. Obwohl sie sich richtig ins Zeug legen, bleibt Mama hart, als sie mein Zimmer verlässt: Erst die Arbeit, dann das Feiern. Ist das nicht ungerecht?! Wenn das mein neues Leben sein soll, kann ich auch gleich wieder in die Lunte zurückhüpfen. Da kriege ich zwar nicht so einen schönen Haustürschlüssel, aber dafür das Kommando, und das ist auch schon was.

Hannah scheint auf meiner Seite zu sein, denn sie klatscht auf einmal in ihre Hände. Der Grund ist dann doch ein ganz anderer: Sie will aus uns eine richtige Arbeitskolonne machen. Zusammen ist man nicht nur stärker, sondern auch schneller, findet sie. Genau wie bei den drei Musketieren.

Dagegen kann keiner von uns was sagen, obwohl die Musketiere als Team eher durchs Kämpfen bekannt geworden sind als durchs Aufräumen. Olli seufzt wie ein Walross. Dann legt er eine Decke über die Chips, damit er nicht dauernd sehen muss, dass die Packung noch zu ist. Vielleicht ist es auch wegen des Staubes.

Als wir gerade loslegen wollen, klopft es an der Tür. Es ist leider nicht Mama, die es sich anders überlegt hat, sondern – haltet die Luft an: Es ist die Lunte, die durch die Tür schlüpft, ganz im Ernst! Mir fällt die Kinnlade runter. Nicht, weil sie strahlt wie ein Deckenlicht, sondern weil ich wissen will, was sie bei mir zu suchen hat. Aber wenn sie schon mal da ist, kann sie auch mit anpacken. Bevor ich ihr stecken kann, dass sie sich gefälligst um den Staub kümmern soll, den sie bei mir hinterlassen hat, bedankt sie sich bei mir. Wegen *allem*.

Grübel … Ich weiß nicht, ob sie damit auch die Flecken auf ihrem Sofa meint, aber die neue Lunte scheint viel besser drauf zu sein als die alte. Völlig entspannt. Um die kümmert sich nämlich seit Neuestem Herr Brand, also um die Flecken und um die Lunte anscheinend auch ein bisschen. Und das gefällt der Lunte beides sehr. Auch in umgekehrter Reihenfolge übrigens. Das Einzige, was sie merkwürdig findet, ist der Geschmack von Herrn Brand: Ketchup auf Pizza, na ja, aber daran könne man arbeiten.

Typisch Lunte. Da isst sie mir erst meine versprochene Pizza weg und dann nölt sie auch noch rum. Dabei kann sie froh sein, mal was Richtiges zwischen die Kiemen zu bekommen. Ich mach trotzdem keine große Sache daraus. Hauptsache, sie verschwindet schnell wieder. Nicht, dass ihr am Ende noch einfällt mitzufeiern, und dann gibt's nur Spinat statt Chips.

Um auf Nummer sicher zu gehen, dass sie auch wirklich die Biege macht, gebe ich ihr bis zur Tür Begleitschutz. Pustekuchen! Kaum sieht die Lunte meine Mutter, dreht sich ihre Fahrtrichtung um 180 Grad. Nur, weil ihr etwas Wichtiges eingefallen ist, was meine Eltern wissen sollten.

Ich ahne Schreckliches: die Chemienoten, die ich frisiert habe, damit sie besser zur Geltung kommen. Für so was kann man auf die Streckbank kommen. Aber die Lunte hält stattdessen eine Lobrede auf mich und bläst alle Sonder-Erziehungsmaßen ab. Wegen guter Führung, und zwar mit sofortiger Wirkung.

Ich glaub's nicht! Entweder die Lunte hat beim Experiment dicke einen abbekommen oder es ist ein Trick, damit ich die

Beichte für die letzten drei Tage ablege, und da kommt eine ganze Menge zusammen. Mama hat komischerweise null Zweifel an Luntes Worten. Sie freut sich sogar, obwohl sie dann wieder selbst an den Abwasch darf.

Als die Lunte geht, steht Till plötzlich in seiner Tür und starrt ihr hinterher. Dabei pfeift er durch die Zähne wie der Kellner in der Eisdiele und will wissen, wer das gewesen ist. Normalerweise juckt es mich immer, ihn zu ärgern, wenn ich ihn sehe. Diesmal nicht, heute ist Schontag. Auch wenn Till mir nicht abnimmt, dass die coole Braut meine Lehrerin ist.

Ich lass ihn stehen und lauf in mein Zimmer zurück, um den anderen die frohe Botschaft zu erzählen. Die kommt so gut an, dass alle ihre Staublappen von sich werfen. Olli holt die Decke von den Fressalien herunter und wirft sie hinter sich auf meinen Schreibtisch. Dabei geht ein Stapel Bücher zu Boden. Justus kann gerade noch wegspringen, bevor sie auf seine Füße fallen, dabei hätte er sie am liebsten alle aufgefangen. Mit Büchern kann er nämlich noch besser als mit Menschen.

Während Olli und Hugo die Chipstüten aufreißen, hilft Hannah Justus, die Bücher wieder aufzuheben. Plötzlich hält sie eines hoch, sie will wissen, woher ich das habe: ein altes

Buch voller Formeln und Bilder. Nicht im Original, sondern als Nachdruck. Sonnenklar: Das kann nur die Streberin von Lunte mir untergejubelt haben. Für solche Staubfänger habe ich keinen Platz. Ich will das Buch schnell in die Ecke packen, bevor Justus es in die Finger kriegt. Denn wenn Justus ein Buch aufklappt, kann es Tage dauern, bis er es wieder zuklappt. Und dann ist es Sense mit gemeinsam feiern. Aber Justus blättert schon drin rum, und ein paar Seiten später ist er überzeugt, dass es das alchemistische Buch ist, das die Lunte für ihr Experiment gebraucht hat. Da steht nämlich alles drin, auch das mit den Haaren. Hannah beugt sich zu ihm rüber, um mitzulesen, und Hugo ist inzwischen auch neugierig geworden. Er will wissen, was wir da haben. Gott sei Dank ist auf Olli Verlass. Seine Klingel-App erinnert uns daran, was auf unserem Terminplan steht: Chips futtern!

Recht hat er! Ich nehm Justus das Buch ab, obwohl er protestiert. Fürs Erste habe ich von Experimenten die Nase voll, aber so was von! Weil ich nicht weiß, wohin mit dem Buch, lass ich es hinter meinem Bett verschwinden – für schlechte Zeiten. Man

weiß nie, wozu das mal gut ist. Zett bee, um Kowalski in ein Kamel zu verwandeln. Oder Herrn Mattuschek in einen Matjes. Oder … Irgendetwas fällt mir bestimmt ein. Aber jetzt ist erst mal Party!!

ENDE